KB058246

좁은문

세계문학의 숲 048

La Porte Étroite

좁은 문

앙드레 지드 **지음**
이상해 옮김

시공사

일러두기

1. 이 책은 1909년 메르퀴르 드 프랑스 출판사(Mercure de France)에서 출간된 앙드레 지드(Andre Gide)의 《좁은 문(La Porte étroite)》을 우리말로 옮긴 것이다.

2. 번역은 플레이아드 판《앙드레 지드 전집(Andre Gide, Romans et Recits)》에 수록된 〈La Porte étroite〉(갈리마르 출판사 발행, 2009년)를 대본으로 삼았다.

3. 본문의 주는 모두 옮긴이 주이다.

차례

M.A.G.*에게

*앙드레 지드의 아내 마들렌.

좁은 문으로 들어가기를 힘쓰라.
〈누가복음〉 13장 24절

I

다른 사람들이라면 그걸 책으로 쓸 수도 있었을 것이다. 하지만 내가 여기서 하려는 이야기, 나는 그것을 살아내는 데 온 힘을 바쳤다. 내 기력은 그 일에 소진되었다. 따라서 나는 아주 단순하게 기억이 떠오르는 대로 써내려갈 것이다. 기억 군데군데가 조각나 있다 하더라도, 그것들을 깁거나 잇기 위해 이야기를 지어내지는 않을 것이다. 기억들을 꾸미려는 이러한 노력은 내가 그것들을 이야기함으로써 얻고자 하는 마지막 즐거움을 망치고 말 테니까.

아버지를 여의었을 때 나는 채 열두 살도 안 된 어린애였다. 아버지가 의사로 일했던 르아브르에 더는 머물 이유가 없게 되자, 어머니는 내가 학업을 더욱 훌륭하게 마칠 수 있을 거라는 생각에 파리로 이사하기로 결정했다. 어머니는 뤽상부르 공원 근처에 작은 아파트를 얻었고, 미스 애시버턴이 우리와 함께 지내러 왔다. 가족이 없는 미스 플로라 애시버턴은 처음에는 어머니의 가정교사로 연을 맺었다가 삶의 동반자가 되었고, 그리고 곧 벗이 되었다. 나는 하나같이 온화하고 슬픈 표정을 짓고 있는, 상복을 입은 모습 말고는 기억을 떠올릴 수 없는 그 두 부인 곁에서 지냈다. 언젠가, 아버지가 돌아가시고 시간이 꽤 지났을 때 같은데, 어머니가 아침 모자에 다는 리본을 검은색에서 연보라색으로 바꾼 적이 있었다.

그걸 본 나는 이렇게 소리쳤다.

"오 엄마! 그 색깔은 엄마한테 정말 어울리지 않아요!"

이튿날, 어머니는 다시 검은색 리본으로 바꿔 달았다.

나는 섬약한 아이였다. 내가 혹시라도 피곤할까봐 애면글면하는 어머니와 미스 애시버턴의 호들갑스런 보살핌이 날 게으름뱅이로 만들지 않은 것은 내가 그야말로 공부에 취미가 있었기 때문이었다. 날씨가 화창해지면, 두 분은 내가 도시를 벗어날 때가 됐다고, 도시에만 있으면 내 혈색이 창백해진다고 확신했다. 그래서 6월 중순만 되면, 우리는 뷔콜랭 외삼촌이 매년 여름 우리를 맞아주는 르아브르 근교의 퐁괴즈마르로 떠났다.

그리 크지도 아름답지도 않은, 노르망디 지방의 다른 정원들에 비해 별로 두드러질 것이 없는 정원에 서 있는 뷔콜랭 가의 집은 흰색의 3층 건물로 18세기에 지어진 많은 시골집들과 비슷한 모습이었다. 정원 쪽 전면, 그러니까 동쪽으로 20여 개의 커다란 창문이 나 있고, 뒤쪽으로도 그만큼의 창문이 나 있다. 하지만 양옆으로는 창문이 없다. 창문에는 작은 사각형 유리들이 끼워져 있는데, 최근에 갈아 끼운 몇몇은 오래되어 녹색으로 퇴색된 것들 사이에서 너무나 맑아 보인다. 어른들이 '거품'이라 부르는 결함이 있는 유리들도 있는데, 그것을 통해 보면 나무의 허리가 휘어지고, 그 앞을 지나는 우편배달부에게 갑자기 혹이 생긴다.

직사각형의 정원은 담으로 에워싸여 있다. 집 앞에 그늘이 진 꽤 넓은 잔디밭이 펼쳐져 있고, 그 주위로 모래와 자갈이 깔린 좁은 길이 나 있다. 이쪽으로는 담이 낮아져서 정원을 둘러싸고 있는 농장의 마당이 내다보인다. 마당의 경계는 이 고장에서는 늘 그렇듯 가로수 길의 너도밤나무들이 지어준다.

서쪽인 집 뒤편으로는 정원이 더 넉넉하게 펼쳐진다. 꽃들의 오솔길, 남쪽 과수장 앞 오솔길은 장막처럼 우거진 포르투갈 월계수와 몇 그루 나무 덕에 해풍으로부터 보호를 받는다. 북쪽 담을 따라 나 있는 또 다른 오솔길은 나뭇가지들 아래로 사라진다. 사촌누이들은 그 길을 '검은 오솔길'이라 불렀고, 날이 저물면 함부로 그곳에 발을 들여놓지 않았다. 그 두 오솔길은 계단 몇 개를 사이에 두고 정원 아래쪽으로 펼쳐진 텃밭으로 통한다. 그리고 텃밭 안쪽, 비밀 문이 뚫려 있는 담 너머에는 잡목림이 우거져 있는데, 너도밤나무 가로수길이 좌우에서 이곳으로 이어진다. 서쪽 현관 층계에 서면 그 잡목림 너머로 고원을 뒤덮고 있는 수확한 농작물이 보인다. 그리 멀지 않은 지평선에 서 있는 작은 마을의 교회도, 바람이 잔잔한 날 저녁에는 몇몇 집에서 피어오르는 연기도 눈에 들어온다.

날씨가 좋은 여름날 저녁이면 우리는 저녁 식사를 마치고 '아래 정원'으로 내려가곤 했다. 작은 비밀 문으로 나가 그 고장이 어느 정도 내려다보이는 가로수 길의 벤치로 갔다. 외삼촌, 어머니, 미스 애시버턴은 거기, 방치된 이회암 채석장의 초가지붕 근처에 자리를 잡았다. 우리 앞의 작은 골짜기는 안개로 채워졌고, 하늘은 그 너머 숲 위에서 금빛으로 물들어 갔다. 우리는 그러고 나서도 이미 어두워진 정원 안쪽에서 시간을 보내다 집으로 들어갔다. 그러다가 우리와 함께 나가는 일이 거의 없는 외숙모와 응접실에서 마주치곤 했다……. 우리 아이들에게 저녁 시간은 거기서 끝이 났다. 하지만 많은 경우 우리는 나중에 어른들이 올라오는 소리가 들릴 때까지 침실에서 책을 읽었다.

우리는 정원에서 보내지 않을 때는 대부분의 시간을 외삼촌의 서재에 초등학생용 책상을 배치해 꾸민 '공부방'에서 보냈다. 사촌 로베르와 나, 그리고 우리 뒤로 쥘리에트와 알리사가 나란히 앉아 공부했다. 알리사는 나보다 두 살 많았고, 쥘리에트는 한 살 어렸다. 로베르가 우리 넷 중에 가장 어렸다.

내가 여기 쓰고자 하는 것은 내 어린 시절 기억들이 아니라 이 이야기와 관련된 것들만이다. 이 이야기는 아버지가 돌아가신 바로 그해에 시작됐다고 말할 수 있다. 어쩌면 상을 당한 탓에, 나 자신의 슬픔 때문은 아니라 하더라도 적어도 어머니의 슬픔을 지켜봄으로써 한층 날카로워진 나의 감수성이 나를 새로운 감정들에 빠져들게 만들었는지도 모른다. 나는 때 이르게 철이 들어 있었다. 그해, 우리가 다시 퐁괴즈마르로 내려갔을 때, 내 눈에는 쥘리에트와 로베르가 그만큼 더 어려 보였다. 그리고 알리사를 다시 만났을 때, 나는 문득 우리 둘 모두 이제 더 이상 어린애가 아니라는 것을 깨달았다.

그랬다, 그건 분명 아버지가 돌아가신 해였다. 우리가 도착한 직후에 어머니와 미스 애시버턴이 나눴던 대화가 내 기억을 확인시켜준다. 내가 어머니와 미스 애시버턴이 대화를 나누고 있던 방으로 불쑥 들어갔다. 두 분은 외숙모 이야기를 하고 있었다. 어머니는 외숙모가 상복을 입지 않았다며, 혹은 상복을 벌써 벗어버렸다며 화를 내고 있었다. (사실, 나로서는 밝은색 옷차림의 어머니를 상상할 수 없듯, 검은색 옷차림의 뷔콜랭 숙모 역시 상상할 수 없다.) 내가 기억하기로는 우리가 도착한 날 뤼실 뷔콜랭은 모슬린 원피스를 입고 있었다. 미스 애시버턴은 늘 그렇듯 타협적인 태도로 어머니를 진정시키려고 애썼다. 그녀가 조심스럽게 의견을 냈다.

"어쨌거나 흰 옷도 상복이잖아요."

"그 여자가 어깨에 걸쳤던 그 빨간 숄을 '상복'이라 부르는 거예요, 지금? 플로라, 말이 되는 소리를 해요, 좀!" 어머니는 이렇게 소리쳤다.

내가 외숙모를 본 건 여름방학 동안뿐이었다. 따라서 내가 늘 봐서 익숙한 외숙모의 옷차림, 하늘하늘하고 가슴이 넓게 파인 블라우스 차림은 아마 여름 더위 때문이었을 것이다. 어머니는 그 옷차림을 드러난 어깨에 걸친 숄의 강렬한 색깔 이상으로 못마땅해했다.

뤼실 뷔콜랭은 아주 아름다웠다. 내가 간직하고 있는 그녀의 작은 초상화는 당시 그녀의 모습, 그녀가 습관적으로 취하던 포즈대로, 새끼손가락을 입술 쪽으로 살짝 구부린 왼손에 얼굴을 괸 채 비스듬히 앉아 있는, 딸들의 큰언니로 착각할 정도로 젊은 모습을 보여준다. 올이 굵은 머리망이 목덜미 위로 반쯤 내려앉은 곱슬곱슬한 머리타래를 붙들고, 깊이 파인 가슴께에는 검은 벨벳으로 만든 느슨한 목걸이에 이탈리아식 모자이크 메달이 매달려 있다. 펄럭이는 넓은 매듭이 있는 까만 벨벳 허리띠, 의자 등받이에 모자 끈으로 걸어둔 챙이 넓은 밀짚모자, 모든 것이 그녀를 더욱 앳되어 보이게 한다. 축 늘어뜨린 오른손에는 덮인 책 한 권이 쥐어져 있다.

뤼실 뷔콜랭은 식민지 태생으로, 부모가 누군지 알지 못했거나 아주 일찍 여의었다. 나중에 어머니가 들려준 얘기로는, 버려졌거나 고아가 된 그녀를 자식이 없었던 보티에 목사 부부가 거둬줬고, 얼마 후 마르티니크를 떠나면서 뷔콜랭 집안이 정착해 있던 르아브르로 그녀를 데려왔다고 했다. 보티에 집안과 뷔콜랭 집안은 서로 왕래하며 가깝게 지냈다. 당시 외삼촌은 외국에 있는 한 은행에서 일하고 있었고, 어린 뤼실을 본 것은 3년이 지난 다음, 그가 가족 곁으로 돌아왔을 때였다. 뤼실에게 홀딱 반한 외삼촌은 곧 청혼을 했고, 그건 부모님과 내 어머니를 큰 시름에 빠트렸다. 당시 뤼실은 열여섯 살이었다. 그 사이, 보티에 부인은 아이 둘을 낳았다. 그녀는 날이 갈수록 성격이 이상하게 굳어지는 양녀가 동생들에게 나쁜 영향을 끼칠까봐 두려워하기 시작했다. 게다가 집안 형편도 그리 넉넉지 않았다……. 이 모든 것 때문에 보티에 부부가 외삼촌의 청혼을 흔쾌히 받아들인 거라고 어머니는 나에게 설명했다. 내 짐작으로는, 그 외에도, 처녀로 자란 뤼실이 그들을 무척이나 난처하게 만들었을 것 같다. 르아브르 사회를 잘 알고 있는 나로서는 사람들이 그토록 매력적인 여자아이를 어떻게 받아들였을지 쉽게 상상할 수 있다. 보티에 목사, 나는 좀 더 나중에 알게 된, 온화하고 신중한 동시에 순진하며, 술책에는 맥없이 당하기만 하고 악 앞에서는 완전히 속수무책인 그 훌륭한 양반은 틀림없이 궁지에 몰렸을 것이다. 보티에 부인에 대해서는 아무말도 할 수가 없다. 그분은 네 번째 아이, 거의 내 또래로 나중에 내 벗이 될 아이를 낳다가 돌아가셨으니까…….

뤼실 뷔콜랭은 우리의 일상에는 거의 끼어들지 않았다. 그녀는 점심 식사 시간이 지나서야 침실에서 내려왔다. 그러고는 곧 소파나 해먹에 몸을 뉘었고, 날이 어두워질 때까지 누워 있다가 따분해져야 일어났다. 가끔 그녀는 물기 하나 없는데도 마치 땀이라도 훔치려는 듯 손수건을 이마로 가져갔다. 그 손수건은 꽃향기보다는 과일을 떠올리게 하는 미묘한 향기로 나를 황홀하게 만들었다. 가끔 그녀는 잡다한 물건들과 함께 시곗줄에 매달린, 미닫이 은 뚜껑이 달린 작은 거울을 허리띠에서 꺼냈다. 그러고는 거울을 들여다보며 손가락 끝으로 입술의 침을 살짝 찍어 눈꼬리를 적시곤 했다. 자주 책을 쥐고 있었지만, 책장은 거의 언제나 덮여 있었고 책갈피에는 거북껍질로 만든 서표가 끼여 있었다. 누가 그녀에게 다가가도, 누군지 보기 위해 그 눈길이 몽상에서 벗어나는 일은 없었다. 자주, 방심하거나 피곤해진 그녀의 손, 소파 팔걸이나 치마 주름에서 손수건이나 책, 꽃이나 서표가 바닥에 떨어지곤 했다. 어느 날, 책을 주으면서 ─ 다시 한 번 말하지만, 이건 어린 시절의 기억이다 ─ 거기 적힌 것들이 시구들이라는 걸 본 나는 얼굴을 붉혔다.

저녁 식사 후에도 뤼실 뷔콜랭은 우리가 모여 앉은 식탁에는 다가오지 않고 피아노 앞에 앉아 쇼팽의 느린 마주르카를 연주하며 즐거워하곤 했다. 가끔 박자를 무시하고 한 화음을 계속 누르고 있을 때도 있었다…….

나는 외숙모에게 묘한 불편함, 일종의 경탄과 두려움이 뒤섞인 혼란스러운 감정을 느꼈다. 어쩌면 어떤 알 수 없는 본능이 그녀를 멀리하게 만들었는지도 모른다. 게다가 나는 그녀가 플로라 애시버턴과 내 어머니를 경멸한다는 것을, 미스 애시버턴이 그녀를 두려워하고, 어머니가 그녀를 달가워하지 않는다는 것을 알고 있었다.

뤼실 뷔콜랭, 나는 더 이상 당신을 원망하고 싶지 않습니다. 당신이 그런 큰 아픔을 줬다는 사실은 잠시 잊겠습니다……. 적어도 화를내지 않고 당신에 대해 이야기하려고 애쓸 것입니다.

그해 여름 어느 날 혹은 그다음 해, — 왜냐하면 늘 똑같은 무대 속에서 내 기억이 겹쳐져 가끔 혼동을 일으키기도 하니까 — 내가 책 한 권을 찾으러 응접실로 들어간다. 그녀가 그곳에 있었다. 나는 금방 나오려고 했다. 그런데 평소 나를 거들떠보지도 않는 것 같던 그녀가 나를 부른다.

"왜 그렇게 쏜살같이 내빼니? 제롬! 내가 무섭니?"

두근거리는 가슴을 안고 내가 그녀에게 다가간다. 억지로 웃어 보이며 그녀에게 손을 내민다. 그녀가 한 손으로 내 손을 잡고 다른 손으로 내 뺨을 어루만진다…….

"네 엄마는 어떻게 옷을 이 따위로 입히니, 가엾은 녀석!"

나는 그때 커다란 깃이 달린 세일러복 같은 것을 입고 있었는데, 외숙모가 그 깃을 만지작거리기 시작한다.

"세일러복 깃은 이렇게 열어젖혀서 입는 거란다!" 그녀가 단추 셔츠 하나를 풀면서 말한다. "자, 보렴! 이러니까 훨씬 낫잖니!" 그리고는 작은 거울을 꺼내며 내 얼굴을 자기 얼굴로 바짝 끌어당긴다. 맨팔로 내 목을 두르고, 풀어헤쳐진 내 셔츠 속으로 손을 집어넣고, 깔깔 웃으며 간지러우냐고 묻고, 손을 더 안쪽으로……. 내가 소스라치듯 몸을 빼는 바람에 셔츠가 찢어지고 말았다.

"쳇! 멍청한 녀석!" 그녀가 이렇게 소리치는 사이, 나는 벌겋게 달아오른 얼굴로 달아났다. 나는 정원 안쪽까지 내달렸다. 거기서, 나는 작은 물통에 손수건을 적셔 이마에 갖다 대고, 뺨과 목, 그 여자가 건드린 모든 곳을 닦고 문질렀다.

어떤 날에는 뤼실 뷔콜랭이 '발작'을 일으키기도 했다. 그것은 갑자기 그녀를 사로잡아 집 안을 발칵 뒤집어놓았다. 미스 애시버턴은 서둘러 아이들을 데리고 가서 보살폈다. 하지만 침실이나 응접실에서 올라오는 끔찍한 비명까지 막아줄 수는 없었다. 외삼촌은 겁에 질려 어쩔 줄을 몰랐다. 그가 수건, 오드콜로뉴, 에테르를 찾아 복도를 뛰어다니는 소리가 들려왔다. 외숙모가 아직 모습을 드러내지 않은 저녁 식탁에서 불안한 표정을 짓고 있는 외삼촌은 훨씬 늙어 보였다.

발작이 거의 지나가면, 뤼실 뷔콜랭은 자식들을 곁으로 불렀다. 적어도 로베르와 쥘리에트는. 하지만 알리사는 절대 부르지 않았다. 그렇게 서글픈 날들에 알리사는 자기 방에 틀어박혀 지냈다. 가끔 외삼촌이 그녀의 방에 들르곤 했다. 외삼촌은 그녀와 자주 이야기를 나눴다.

외숙모의 발작은 하인들을 기겁하게 만들었다. 발작이 유난히 심했던 어느 날 저녁, 나는 꼼짝 말고 있으라는 어머니와 함께 응접실에서 무슨 일이 일어나는지 거의 알 수 없는 그녀의 방에 있었는데, 식모가 복도를 뛰어다니며 외치는 소리가 들려왔다.

"주인님, 빨리 내려와 보세요. 가엾은 마님이 다 죽어가고 있어요!"

외삼촌은 알리사의 방에 올라가 있었다. 어머니가 외삼촌을 만나러 나갔다. 15분 후, 두 분이 내가 있던 방의 열린 창문 앞을 무심코 지나갔기 때문에 어머니의 목소리가 내게도 들려왔다.

"내가 말해줄까. 저건 다 연극이야." 그러고는 음절을 하나씩 또박또박 끊어가며 몇 번이나 반복했다. "연-극-이-라-고, 연-극."

그 일은 우리가 상을 당하고 2년 후, 방학이 끝나갈 무렵에 일어났다. 나는 오랫동안 외숙모를 보지 못하게 될 것이었다. 하지만 우리 집안을 발칵 뒤집어놓은 그 슬픈 사건에 대해 말하기 전에, 그리고 그 사건이 일어나기 직전에 내가 뤼실 뷔콜랭에 대해 느꼈던, 아직은 복합적이고 불분명한 감정을 순수한 증오심로 바꾸어놓은 사소한 정황에 대해 말하기 전에, 내 사촌누이 이야기부터 해야겠다.

알리사 뷔콜랭이 예쁘다는 것, 그것은 당시의 나는 아직 알아차릴 수 없는 사실이었다. 나를 그녀에게로 이끌고 그 곁에 붙들어둔 건 단순한 아름다움과는 다른 매력이었다. 아마 그녀는 자기 어머니를 많이 닮았을 것이다. 하지만 눈길의 표정이 너무 달라서 한참 후에서야 나는 그들이 닮았다는 것을 알아차렸다. 나는 그녀의 얼굴을 묘사할 수가 없다. 이목구비가 기억나질 않는다. 심지어 눈의 색깔도. 지금도 생생하게 떠오르는 건 그 무렵 이미 슬픔이 감돌던 그녀의 엷은 웃음, 눈 위쪽으로 유난히 올라붙어 큰 원을 그리던 눈썹의 선뿐이다. 난 그런 눈썹을 어디서도 본 적이 없다. ······단테 시대에 만들어진 피렌체의 작은 조각상 말고는. 그래서 나는 어린 베아트리체도 그처럼 아주 둥글게 휘어진 눈썹을 가졌을 거라고 상상한다. 그 눈썹은 그녀의 눈길에, 존재 전체에 불안해하는 동시에 상대를 신뢰하는 질문의 표정을, 그랬다, 열정적인 질문의 표정을 부여했다. 그녀에게 있는 모든 것은 질문이자 기다림일 뿐이었다······. 나는 그 질문이 어떻게 나를 사로잡아 내 삶이 되어버렸는지 여러분에게 들려줄 것이다.

쥘리에트가 더 아름다워 보일 수도 있었다. 기쁨과 건강이 그녀에게 광채를 주었으니까. 그러나 그녀의 아름다움은 언니의 우아함에 비하면 외면적이고 모든 사람에게 단번에 드러나는 것 같았다. 로베르의 경우는, 이렇다 할 특징이 전혀 없었다. 그저 내 또래의 평범한 사내아이였다. 나는 쥘리에트, 로베르와 함께 놀았다. 알리사와는 주로 이야기를 나눴다. 그녀는 우리의 놀이에 거의 끼어들지 않았다. 과거 속으로 아무리 멀리 들어가 봐도, 진지하고, 부드럽게 웃으며, 생각에 잠겨 있는 그녀의 모습만 떠오른다. 우리가 무슨 이야기를 나눴느냐고? 두 아이가 무슨 이야기를 나눌 수 있을까? 나는 곧 여러분에게 그것을 말해보려고 노력할 것이다. 하지만 우선은 외숙모 이야기를 다시 꺼내지 않아도 되도록, 그녀와 관련된 이야기를 마저 하고 싶다.

아버지가 돌아가시고 2년 후, 어머니와 나는 부활절 방학을 보내러 르아브르로 내려갔다. 우리는 시내에 있어서 비교적 좁은 뷔콜랭 댁이 아니라 집이 훨씬 넓은 큰이모 댁에 묵었다. 나로서는 볼 기회가 거의 없었던 플랑티에 이모는 오래전에 과부가 되었다. 나보다 나이도 훨씬 많고 기질도 아주 다른 그분의 자녀들과는 겨우 안면만 있는 정도였다. 르아브르 사람들이 '플랑티에 댁'이라 부른 그 집은 시내가 아니라, '구릉'이라 불리는, 시가 한눈에 내려다보이는 언덕 중턱에 있었다. 뷔콜랭가가 상업지구 근처에 있어서, 가파른 비탈길을 통하면 두 집 사이를 재빨리 오갈 수 있었다. 나는 하루에도 몇 차례씩 그 비탈길을 달려 내려갔다가 다시 기어 올라오곤 했다.

그날, 나는 외삼촌 댁에서 점심을 먹었다. 식사가 끝나자마자 외삼촌은 집을 나섰다. 나는 사무실까지 외삼촌을 따라갔다 가 어머니를 찾아 다시 플랑티에 댁까지 올라갔다. 거기서 나 는 어머니가 큰이모와 함께 외출했고, 저녁때나 되어야 돌아 올 거라는 걸 알았다. 시내를 자유롭게 돌아다닐 수 있는 건 드 문 일이라, 나는 곧바로 다시 시내로 내려갔다. 나는 바다 안개 에 뒤덮여 음산하게 변한 항구로 갔다. 한두 시간 부두를 돌아 다녔다. 그러다 갑자기 만나고 온 지 얼마 안 된 알리사를 불쑥 찾아가서 놀라게 해주고 싶은 욕망이 나를 사로잡는다……. 나는 시내를 뛰어서 가로지른다. 뷔콜랭 댁의 초인종을 누른 다. 나는 이미 층계를 뛰어올라가고 있었다. 그런데 문을 열어 줬던 하녀가 나를 붙든다.

"올라가지 마세요, 제롬 도련님! 올라가지 마세요! 마님이 발작을 일으켜서……."

하지만 난 무시하고 올라간다. "내가 보러 온 건 외숙모가 아냐……." 알리사의 방은 4층에 있다. 2층에 응접실과 식당 이, 3층에 외숙모 방이 있는데, 그 방에서 목소리들이 들려온 다. 문이 열려 있고, 나는 그 앞을 지나가야만 한다. 열린 문으 로 빛줄기가 새어나와 층계참을 갈라놓는다. 나는 눈에 띌까 두려워 잠시 망설이다 몸을 숨긴다. 그러고는 휘둥그레진 눈으 로 이 장면을 목격한다. 커튼을 쳐놓긴 했지만, 두 개의 촛대에 꽂힌 초들이 쾌활한 빛을 퍼뜨리는 방 한가운데, 외숙모가 긴 의자에 누워 있다. 그녀 발치에 로베르와 쥘리에트가 있고, 그녀 뒤에 중위 제복 차림의 낯선 젊은이가 서 있다. 지금 돌이켜보면, 두 아이가 거기 있다는 게 끔찍한 일이지만, 당시 순진한 아이였던 나는 그래서 오히려 마음이 놓였다.

로베르와 쥘리에트는 고음의 맑은 목소리로 이렇게 반복해 말하는 낯선 남자를 쳐다보며 웃고 있다.

"뷔콜랭! 뷔콜랭! ⋯⋯나한테 양이 한 마리 있다면, 난 틀림없이 녀석을 뷔콜랭이라고 부를 거야."

외숙모도 깔깔대며 웃는다. 외숙모가 남자에게 담배를 건넨다. 그가 불을 붙여주자, 그녀가 몇 모금을 빤다. 담배가 바닥에 떨어진다. 남자가 담배를 줍기 위해 잽싸게 달려가다 숄에 발이 걸린 척하며 외숙모 앞에 무릎을 꿇는다⋯⋯. 이 우스꽝스러운 연기가 벌어지는 틈을 타 나는 들키지 않고 미끄러지듯 지나간다.

이제 나는 알리사의 방문 앞에 와 있다. 나는 잠시 기다린다. 웃음소리와 떠들썩한 목소리가 아래층에서 올라온다. 그 소리가 내 노크 소리를 덮어버린 모양인지 아무 대답도 없다. 내가 문을 밀자 소리 없이 열린다. 방 안이 이미 너무 컴컴해서 나는 알리사를 곧바로 찾아내지 못한다. 그녀는 침대 머리맡에 있다. 황혼 빛이 스며드는 십자형 유리창을 등진 채 무릎을 꿇고 있다. 내가 다가가자, 그녀가 일어서지 않은 채 돌아본다.

그녀가 소곤거린다.

"오! 제롬, 왜 다시 온거야?"

내가 그녀를 안아주기 위해 몸을 숙인다. 그녀의 얼굴은 눈
물로 젖어 있다……

그 순간이 내 삶을 결정했다. 지금도 그 순간을 떠올리면 마
음이 어지럽다. 아마 당시 나는 알리사가 슬퍼하는 이유를 어
렴풋이만 이해했을 것이다. 하지만 그 슬픔이 팔딱거리는 그
작은 영혼, 울음으로 뒤흔들리는 그 가냘픈 몸이 감당하기에는
너무 크다는 것을 강렬하게 느꼈다.

나는 무릎을 꿇고 있는 그녀 곁에 서 있었다. 나는 내 가슴
에 이는 새로운 열정을 어떻게 표현해야 할지 몰랐다. 나는 그
녀의 머리를 내 가슴에 안고, 내 영혼이 흘러나오는 입술을 그
녀의 이마에 갖다 댔다. 사랑과 연민에 취해, 열의, 헌신, 덕성
이 뒤섞인 불분명한 감정에 취해, 나는 온 힘을 다해 주님께 빌
었고, 그 아이를 두려움, 악, 삶으로부터 보호하는 것 말고는
내 삶에 다른 목표를 품을 수 없었기에 나 자신을 바쳤다. 나도
결국 기도를 하며 무릎을 꿇는다. 나는 그녀를 감싸 내게로 피
신시킨다. 어렴풋이 그녀의 목소리가 들려온다.

"제롬! 그 사람들 널 못 봤지? 오! 어서 가! 그들이 널 보면
안 돼."

그러고는 좀 더 낮은 목소리로 덧붙였다.

"제롬, 아무한테도 말하지 마⋯⋯. 가엾은 아빠는 아무것도 모르셔⋯⋯."

그래서 나는 어머니한테도 입을 다물었다. 하지만 플랑티에 이모가 어머니와 나누던 끝없는 수군거림, 밀담을 나누는 그들에게 다가갈 때마다 저리 가서 놀라며 쫓아내던 두 분의 심란하고 비밀스런 표정은 그들도 뷔콜랭 가의 비밀을 까맣게 모르고 있지는 않다는 것을 보여주었다.

우리가 파리로 돌아오자마자, 어머니에게 르아브르로 다시 내려오라는 전보가 왔다. 외숙모가 집을 나갔던 것이다.

"누구하고요?" 어머니 대신 나를 돌보던 미스 애시버턴에게 내가 물었다.

"얘야, 그건 나중에 어머니한테 물어보렴. 난 아무것도 말해 줄 수가 없단다." 그 사건으로 큰 충격을 받은 그 노부인은 이렇게 말했다.

이틀 후, 미스 애시버턴과 나는 어머니가 계신 르아브르로 내려갔다. 그날은 토요일이었다. 사촌누이들과는 다음 날 교회에서 만나기로 되어 있었고, 내 머릿속은 오로지 그 생각뿐이었다. 어린 내 정신이 우리의 재회를 신성화하는 일을 너무도 중대하게 여기고 있었으니까. 어쨌거나 나는 외숙모의 일에는 신경을 쓰지 않았고, 그 일에 대해 어머니께 캐묻지 않는 것을 명예로운 행동이라고 여겼다.

그날 아침, 작은 교회당에는 사람이 그리 많지 않았다. 아마 의도적인 것이었겠지만, 보티에 목사는 그리스도의 말씀, '좁은 문으로 들어가기를 힘쓰라'를 설교의 주제로 삼았다.

　　알리사는 내 앞으로 몇 자리 떨어진 곳에 있었다. 그녀의 옆얼굴이 보였다. 나는 그녀를 뚫어져라 바라보았다. 나 자신을 완전히 잊어서 내가 미친 듯이 귀 기울이고 있는 그 말들이 마치 그녀를 통해 들려오는 것처럼 느껴졌다. 외삼촌은 어머니 곁에 앉아 울고 있었다.

　　목사는 우선 그 절 전체를 읽었다. "좁은 문으로 들어가기를 힘쓰라. 멸망으로 인도하는 문은 크고 그 길이 넓어 그리로 들어가는 자가 많고, 생명으로 인도하는 문은 좁고 길이 협착하여 찾는 이가 적음이라."* 그러고는 주제를 나누어 우선 넓은 길에 대해서 말했다. 멍한 상태에 빠진 나는 마치 꿈꾸듯 외숙모의 방을 다시 보았다. 나는 드러누워 웃고 있는 외숙모를 다시 보았다. 함께 웃고 있는 멋쟁이 장교도 다시 보았다……. 그러자 웃음, 기쁨의 개념 자체가 상처를 주는 모욕적인 것이 되었다. 죄악의 가증스러운 과장 같은 것으로 변했다.

　　"그리로 들어가는 자가 많고", 보티에 목사가 말을 이었다. 목사가 상세히 그려나가자 나는 화려하게 치장을 한 채 웃고 까불며 행렬을 이루고 나아가는 무리를 보았다. 나는 내가 그

*〈마태복음〉 7장 13~14절.

행렬에 낄 수도 없고, 그러고 싶지도 않다는 걸 느꼈다. 왜냐하면 내가 그들과 함께 내딛는 걸음걸음이 나를 알리사로부터 멀어지게 만들 테니까. 목사가 첫 구절로 돌아갔다. 나는 들어가려고 힘써야만 하는 그 좁은 문을 보았다. 내가 빠져든 꿈 속에서 나는 그 문을 노력을 통해, 예외적인 고통을 통해 들어가야 하는 일종의 압연기로 상상했다. 하지만 그 고통에는 하늘에서 누릴 지복에 대한 예감이 섞여 있었다. 그리고 그 문이 이번에는 알리사의 방 문이 되었다. 그 문으로 들어가기 위해 내가 작아졌다. 내 안에 남아 있는 이기적인 모든 것을 비워냈다…… . "왜냐하면 생명으로 이끄는 길은 좁기 때문이라", 보티에 목사가 말을 이었다. 모든 고행, 모든 슬픔 너머에서 나는 순수하고 신비롭고 고결한 기쁨, 내 영혼이 이미 목말라하는 또 다른 기쁨을 상상하고 예감했다. 나는 그 기쁨을 날카로운 동시에 부드러운 바이올린의 노래처럼, 알리사의 가슴과 내 가슴이 녹아드는 강렬한 불꽃처럼 상상했다. 우리는 둘이 함께 〈묵시록〉에 나오는 그 흰 옷을 입고, 손에 손을 잡고 똑같은 곳을 바라보며 앞으로 나아갔다…… . 이러한 아이의 꿈이 웃음을 자아낸다 하더라도, 그게 어떻단 말인가! 나는 그 꿈을 그대로 전하고 있다. 여기에 혼란스러움이 있다 해도 그건 어떤 감정을 아주 정확하게 표현하기에는 불완전한 낱말과 이미지 속에 있는 것일 뿐이다.

"그 문을 찾는 이가 적음이라", 보티에 신부가 설교를 마무리했다. 그는 좁은 문을 어떻게 찾아야하는지 설명했다…….
"찾는 이가 적음이라." 나는 그중 하나가 될 것이다…….

　설교의 막바지에 도달했을 때, 정신적으로 너무 심하게 긴장을 한 나는 예배가 끝나자마자 알리사를 만나볼 생각도 않고 달아나버렸다. 자부심 때문에, 벌써 내 결심을 시험해보고 싶어서(왜냐하면 결심을 했으니까), 그리고 곧바로 그녀에게서 멀어지는 것이 그녀에게 걸맞은 사람이 되는 최선의 방법이라고 생각하면서.

II

그 준엄한 가르침은 천성적으로 의무에 다할 자세가 되어 있는 준비된 영혼을 찾아냈다. 내 아버지와 어머니가 보여준 본보기는 그들이 내 마음의 첫 충동들을 다스릴 때 내세운 청교도적인 규율과 결합해, 내 영혼을 내가 '덕성'이라 부르고자 하는 것 쪽으로 기울게 만들고야 말았다. 나에게는 나 자신을 구속하는 것이 다른 사람들이 스스로를 방기하는 것만큼이나 자연스러웠다. 그리고 내가 따라야 하는 그 엄격함은 나에게 반감은커녕 오히려 자기만족을 가져다주었다. 나는 미래에서 행복보다는 그것에 도달하기 위한 끝없는 노력을 구했고, 벌써 행복과 덕성을 혼동하고 있었다. 물론 열네 살배기 아이인 나는 아직 미확정의 가변적인 존재로 남아 있었다. 하지만 곧 알리사에 대한 내 사랑이 나를 결연히 그 방향으로 빠져들게 만들었다. 내가 나 자신을 의식하게 된 건 갑작스런 내적 계시 덕분이었다. 내 눈에는 내가 내성적이고, 활짝 피어나지 못했으며, 기다림으로 가득하고, 타인에게는 별 관심이 없으며, 그리 대담하지 못하고, 나 자신에 대해 획득하는 승리 말고는 다른 승리를 꿈꾸지 않는 것으로 비쳐졌다. 나는 공부를 좋아했다. 놀이도 정신 집중이나 노력을 요하는 것에만 열중했다. 내 또래친구들과는 거의 어울리지 않았고, 내가 그들의 놀이에 끼어드는 건 오로지 애정이나 호의를 보이기 위해서였다. 하지만 이듬해 파리로 올라와 나와 같은 반이 된 아벨 보티에와는 친하게 지냈다. 아벨은 존경심보다는 정이 더 많이 가는 우아하고태평스런 아이였다. 그와 함께 있으면 적어도 내 생각이 끊임없이 줄달음질하는 르아브르와 퐁괴즈마르 이야기를 할 수 있었다.

우리와 같은 학교 기숙학생으로 들어왔지만 두 학년 아래였던 내 사촌 로베르 뷔콜랭과는 일요일에만 만났다. 그가 내 사촌누이들의 동생이 아니었다면—게다가 그는 누나들과는 닮은구석이 거의 없었다—나는 그를 만나는 데서 조금의 즐거움도느끼지 못했을 것이다.

당시 나는 사랑에 완전히 빠져 있었고 둘과의 우정이 나에게 어느 정도의 중요성을 가진 것도 오로지 그 때문이었다. 알리사는 복음서에 나오는 값비싼 진주와 같았다. 나는 그것을손에 넣기 위해 갖고 있는 모든 것을 파는 사람이었다. 아직 어리긴 했지만, 내가 사랑을 이야기하고, 사촌누이에 대해 느끼는 감정을 사랑이라고 부르는 게 과연 잘못이었을까? 그 후로 내가 겪었던 감정 중에 그 이름에 더 걸맞은 것은 아무것도 없었던 것 같다. 내가 육체에 기인한 가장 구체적인 불안에 시달리는 나이가 되었을 때도 내 감정의 성격은 그리 많이 달라지지 않았다. 다시 말해, 아주 어렸던 내가 단지 그녀에게 걸맞은 사람이 되고자 했던 여인을 더 직접적으로 소유하려고 들지는 않았다. 공부, 노력, 경건한 행동, 나는 맹목적으로 모든 것을 알리사에게 바쳤다. 오로지 그녀만을 위해 한 것을 대개의 경우 그녀가 모르게 덮어둠으로써 그것을 더 큰 미덕으로 삼았다. 이렇게 나는 일종의 짜릿한 겸양에 취해 갔고, 나 자신의 즐거움은 고려하지 않은 채 노력을 기울이지 않아도 되는 일에는 만족하지 않는 데 익숙해져 갔다.

이러한 경쟁심은 나만을 채찍질했던 걸까? 알리사가 그것에 민감했던 것 같지는 않다. 오로지 그녀만을 위해 노력하는 나 때문에, 혹은 나를 위해 뭔가를 했던 것 같지는 않다. 그녀의 꾸밈없는 영혼 속에 있는 모든 것은 가장 자연스러운 아름다움으로 남아 있었다. 그녀의 덕성은 너무나 여유롭고 우아해서 마치 저절로 생긴 성품 같았다. 아이 같은 미소 때문에 눈길에 담긴 엄숙함이 매력적으로 보였다. 나는 살짝 치켜뜨며 너무나 부드럽게, 너무나 다정하게 뭔가를 묻는 듯한 그 눈길을 떠올린다. 그러면 외삼촌이 마음이 어지러울 때면 왜 큰딸을 찾아가 지지와 충고, 격려를 얻으려했는지 이해가 된다. 그다음 해 여름, 나는 외삼촌이 그녀와 이야기를 나누는 모습을 자주 보았다. 외삼촌은 슬픔 때문에 훨씬 늙어버렸다. 식사 때도 거의 말이 없었다. 가끔 갑자기 억지로 쾌활한 척하기도 했는데, 그럴 때면 입을 다물고 있을 때보다 더 안쓰러워 보였다. 외삼촌은 알리사가 모시러 가는 저녁 시간이 될 때까지 서재에 틀어박혀 담배만 피워댔다. 빌다시피 해야 마지못해 방을 나섰다. 알리사는 그런 삼촌을 어린 아이처럼 얼러서 정원으로 데리고 나갔다. 두 사람은 꽃들의 오솔길을 내려가, 우리가 미리 의자를 갖다놓은 텃밭 층계 근처의 빈터로 가서 앉았다.

어느 날 저녁, 우람한 진홍색 너도밤나무 그늘 아래의 잔디밭에 누워 늦게까지 책을 읽고 있는데 알리사와 외삼촌의 목소리가 들려왔다. 잔디밭과 꽃들의 오솔길 사이에는 월계수 울타리밖에 없어서 눈길은 가렸지만 목소리는 그러지 못했다. 그들은 로베르 이야기를 나누고 있었던 것 같았다. 그런데 바로 그때 알리사의 입에서 내 이름이 나왔다. 내가 그들의 말을 또렷하게 알아듣기 시작했을 때, 외삼촌이 큰소리로 말했다.

"오! 그 녀석은 앞으로도 계속 공부를 좋아할 거야."

의도치 않게 엿듣게 된 나는 가버리거나, 최소한 뭐라도 해서 그들에게 내가 있다는 것을 알리고 싶었다. 그런데 뭘 해야 하지? 기침을 해? '저 여기 있어요! 이야기가 다 들려요!'라고 소리를 질러? 내가 입을 다물고 가만히 있었던 것은 더 듣고 싶다는 호기심보다는 거북스러움과 소심함 때문이었다. 게다가 그들은 지나가는 길이었고, 나는 그들의 이야기를 얼핏 들었을 뿐이었다……. 그런데 그들은 천천히 걷고 있었다. 아마도 알리사는 늘 그러듯 가벼운 바구니를 팔을 걸고 시든 꽃들을 따거나, 잦은 바다 안개 때문에 설익은 채 떨어진 과일들을 과수장 발치에서 줍고 있었을 것이다. 그녀의 맑은 목소리가 들려왔다.

"아빠, 팔리시에 삼촌은 훌륭한 분이셨어요?"

뷔콜랭 외삼촌의 목소리는 낮고 희미했다. 나는 그의 대답을 확실히 듣지 못했다. 알리사가 또 물었다.

"아주 훌륭하셨나요, 네?"

또 다시 희미한 대답. 뒤이어 알리사가 다시 물었다.

"제롬은 참 총명해요, 그렇죠?"

내가 어떻게 귀를 쫑긋 세우지 않을 수 있었겠는가? ……하지만 나는 아무것도 알아들을 수가 없었다. 그녀가 말을 이었다.

"아빠는 제롬이 훌륭한 사람이 될 거라고 생각하세요?"

여기서 외삼촌의 목소리가 커졌다.

"그런데 얘야, 난 우선 네가 '훌륭하다'는 말을 어떤 뜻으로 쓰는지 알고 싶구나! 사람은 적어도 다른 사람들의 눈에는 그렇게 보이지 않아도 아주 훌륭할 수 있단다…… 아주 훌륭할 수 있지, 하느님이 보시기에는."

"저도 그런 뜻으로 말씀드리는 거예요." 알리사가 말했다.

"그리고…… 어떻게 알 수 있겠니? 제롬은 아직 너무 어리고…… 그래, 그럴 거야, 장래성이 큰 아이니까. 하지만 성공을 하려면 그것으론 충분하지 않단다……."

"또 뭐가 필요한데요?"

"하하, 녀석, 내가 뭘 말해주길 원하니? 필요한 거라면 신뢰, 내조, 사랑……."

"아빠는 어떤 걸 내조라고 생각하세요?" 알리사가 말을 끊었다.

"내가 받지 못했던 애정과 존경 같은 거지." 외삼촌이 쓸쓸하게 대답했다. 그러고는 그들의 목소리가 완전히 사라지고 말았다.

저녁 기도 시간에 나는 의도한 바는 아니었지만 경솔했던 내 행동을 뉘우쳤고, 알리사에게 사실을 털어놓고 용서를 빌기로 다짐했다. 어쩌면 이번에는 좀 더 알고 싶은 호기심이 작용했는지도 몰랐다.

다음 날 내가 사실을 털어놓자마자, 그녀가 말했다.

"이런, 제롬, 그렇게 엿듣는 건 아주 나쁜 짓이야. 기척을 하든지 가버리든지 했어야지."

"엿들은 게 아니고…… 의도치 않게 들었다니까. 게다가 외삼촌과 넌 그냥 지나가는 길이었고."

"우린 천천히 거닐고 있었어."

"그래, 하지만 거의 알아듣지도 못했어. 곧 들려오지도 않았고……. 말해봐, 네가 성공하려면 무엇이 필요하냐고 물었을 때 외삼촌이 뭐라고 대답했어?"

"제롬, 너도 똑똑히 들었잖아! 그러면서 내 입으로 그걸 다시 말하게 하려고 그러는 거잖아." 그녀가 웃으면서 말했다.

"다짐하는데, 난 앞부분밖에 못 들었어. 외삼촌이 신뢰와 사랑에 대해 말했을 때 말이야."

"아빠는 그다음에 다른 많은 것들이 필요하다고 말씀하셨어."

"그럼 너는, 너는 뭐라고 대답했고?"

그녀의 표정이 갑자기 아주 심각해졌다.

"아빠가 내조에 대해 말씀하셨을 때, 난 너에겐 네 어머니가 계시다고 대답했어."

"오! 알리사, 어머니가 영원히 내 곁에 계시지 않으리라는 건 너도 잘 알잖아……. 게다가 그건 같은 게 아냐……."

알리사가 고개를 숙였다.

"아빠도 그렇게 대답하셨어."

내가 떨면서 그녀의 손을 잡았다.

"내가 나중에 무엇이 되든, 내가 그것이 되고자 하는 건 널 위해서야."

"하지만 제롬, 나도 네 곁을 떠날 수 있어."

내 영혼이 내 말 속으로 들어갔다.

"난 영원히 네 곁을 떠나지 않을 거야."

그녀가 가볍게 어깨를 으쓱했다.

"넌 혼자 걸을 만큼 강하지 못하니? 우리 각자는 홀로 주님께 나아가야 해."

"하지만 나에게 그 길을 보여주는 건 바로 너야."

"왜 너는 그리스도 말고 다른 안내자를 찾으려고 하지? ……우리가 서로 더 가까운 때가 있다고 생각해, 각자가 상대방을 잊고 주님께 기도할 때보다?"

"그래, 우릴 하나가 되게 해주십사 기도하지." 내가 말을 끊었다. "그게 바로 내가 매일 아침저녁으로 주님께 청하는 거야."

"주님 안에서 하나 되는 것, 넌 그게 어떤 건지 이해하지 못하는 거니?"

"나도 온 마음으로 이해해. 그건 경배하는 같은 것 안에서 서로 미친 듯이 만나는 거야. 너 역시 경배한다는 걸 내가 아는 것, 내가 그것을 경배하는 건 바로 널 만나기 위해서야."

"너의 경배는 전혀 순수하질 않아."

"나한테 너무 많은 걸 요구하지 마. 거기서 널 만나지 못한다면 난 천국도 마다할 거야."

알리사가 입술에 손가락을 갖다 대더니 좀 더 엄숙하게 말했다.

"너희는 먼저 그의 나라와 그의 의를 구하라."

우리가 나눴던 대화를 옮겨 적자니, 어떤 아이들이 얼마나 심각한 이야기를 나누는지 모르는 사람들에게는 아이들의 대화답지 않은 것으로 비춰질 것 같은 느낌이 든다. 하지만 내가 어쩌겠는가? 이러쿵저러쿵 변명이라도 붙여야할까? 그러고 싶지는 않다. 그 대화를 더 자연스레 보이게 하려고 분칠을 하고 싶지도 않고.

우리는 라틴어 역 복음서를 구해서 읽었고, 긴 구절들도 외울 정도로 훤히 알고 있었다. 알리사는 나와 함께 라틴어를 배웠다. 동생의 공부를 돕고 싶다는 핑계를 댔지만, 내 짐작으로는 그보다 내가 읽는 책을 자신도 계속 읽기 위해서였다. 물론 나는 그녀가 따라오지 않을 것 같은 공부에는 감히 취미를 붙이지 못했다. 가끔 그게 방해가 되긴 했지만, 흔히 생각하듯 내 정신의 도약을 막아서 그런 건 아니었다. 정반대로 내게는 그녀가 모든 분야에서 자유롭게 나를 앞서가는 것처럼 보였다. 하지만 나는 그녀를 기준으로 내 길을 선택했다. 당시 우리를 사로잡았던 것, 우리가 생각이라고 불렀던 것은 많은 경우 보다 수준 높은 어떤 일치의 구실, 감정의 위장, 사랑의 외피에 지나지 않았다.

어머니도 처음에는 아직 그 깊이를 가늠할 수 없는 내 감정을 걱정하는 것 같았다. 하지만 자신의 기력이 점점 떨어지는 게 느껴지자, 어머니의 품 안에서 우리를 하나로 결합시켜주고 싶어했다. 어머니는 지병인 심장병 때문에 점점 더 자주 힘들어했다. 여느 때보다 심한 발작이 찾아왔을 때, 어머니는 나를 곁에 불러놓고 말했다.

"가엾은 녀석, 보다시피 나도 이젠 많이 늙었단다. 어느 날 난 갑자기 널 남겨두고 떠날 게다."

그녀는 숨이 많이 가쁜 듯 입을 다물었다. 나는 더 이상 참지 못하고 어머니가 내 입으로 직접 말해주길 기다리는 것처럼 보이는 것을 외쳤다.

"어머니…… 아시다시피 전 알리사와 결혼하고 싶어요." 내 말이 마음 깊이 담고 있었던 생각과 일치했는지 어머니가 곧 말을 이었다.

"그래, 내가 말하고 싶었던 게 바로 그거란다, 제롬."

"어머니!" 내가 흐느끼며 말했다. "알리사도 절 사랑하는 것 같죠, 그죠?"

"그렇고말고." 어머니는 다정한 목소리로 이 말을 여러 차례 반복했다. "그래, 그렇고말고." 그녀는 아주 힘겹게 말을 이었다. "주님께 맡겨야 한단다." 그러고는 곁에서 몸을 숙이고 있는 내 머리에 손을 올려놓고 다시 말했다.

"주님께서 너희를 지켜주시길! 주님께서 너희 둘 모두 지켜주시길!" 그러고는 어머니는 얕은 잠에 빠졌고, 나는 깨우려 하지 않았다.

이 대화는 두 번 다시 이어지지 않았다. 그다음 날 어머니의 상태가 많이 나아졌다. 나는 다시 수업을 들으러 떠났고, 침묵이 그 하다 만 속이야기를 삼켜버렸다. 게다가 내가 뭘 더 알아낼 수 있었겠는가? 알리사가 날 사랑한다는 것, 난 그것을 단 한순간도 의심할 수 없었다.

설사 그때까지 내가 일말의 의심을 품었다 하더라도, 그 의심은 곧 닥친 슬픈 사건을 전후해 영원히 내 마음에서 사라졌을 것이다.

어머니는 어느 날 저녁 미스 애시버턴과 내가 지켜보는 가운데 아주 평온하게 숨을 거두셨다. 어머니의 목숨을 앗아간 마지막 발작도 처음에는 이전 것들보다 그리 심한 것 같지는 않아 보였다. 막바지에 가서야 상태가 심각해졌기 때문에 친척들이 미처 달려올 시간조차 없었다. 내가 소중한 망자를 기리며 첫날밤을 샌 것은 어머니의 오랜 벗 곁에서였다. 나는 어머니를 깊이 사랑했다. 그런데 놀랍게도 눈물은 흘렸지만 내 안에서 전혀 슬픔이 느껴지지 않았다. 내가 눈물을 흘린 것은 훨씬 나이가 적은 벗이 그렇게 자신보다 먼저 하느님 앞에 불려가는 것을 지켜보는 미스 애시버턴이 가여웠기 때문이었다. 하지만 그 상(喪)으로 인해 알리사가 내게로 서둘러 달려오게 될 거라는 비밀스런 생각이 내 슬픔을 훨씬 능가했다.

그다음 날, 외삼촌이 도착했다. 외삼촌이 하루 뒤에 플랑티에 이모와 함께 올 딸의 편지를 나에게 건넸다.

……제롬, 나의 벗, 나의 동생, 고모님이 기대하셨던, 그분께 큰 만족감을 주었을 그 몇 마디를 돌아가시기 전에 해드리

지 못한 게 얼마나 죄송한지 모르겠어. 이제 그분께서 날 용서해주시길! 앞으로는 오직 주님만이 우리 두 사람을 인도해주시길! 안녕, 내 가엾은 벗. 나는, 그 어느 때보다 더 다정한, 너의 알리사야.

이 편지는 무슨 의미였을까? 말씀드리지 못해 죄송스럽다는 그 몇 마디 말이 미래를 나와 함께 하겠다는 약속이 아니라면 무엇이었을까? 당시 나는 너무 어려서 감히 곧바로 그녀에게 청혼을 할 수가 없었다. 게다가 나에게 그녀의 약속이 필요하기나 했던가? 우리는 이미 약혼을 한 사이나 다름이 없지 않았는가? 우리의 사랑은 가까운 친척들에게는 더 이상 비밀이 아니었다. 어머니와 마찬가지로 외삼촌도 우리의 사랑에 반대하지 않았다. 정반대로 그는 이미 나를 아들처럼 대했다.

며칠 후에 찾아온 부활절 방학을 나는 르아브르에서 보냈다. 플랑티에 이모 댁에 묵으면서 식사는 거의 매번 뷔콜랭 삼촌 댁에서 했다.

펠리시 플랑티에 이모는 더없이 좋은 분이셨지만 내 사촌누이들이나 나나 그분과는 그리 가까이 지내는 편이 아니었다. 그분은 이런 저런 일로 분주해서 늘 숨을 헐떡거렸다. 몸짓에는 부드러움이 없었고, 목소리에는 멜로디가 없었다. 하루 중 아무 때나, 우리에 대한 애정이 넘쳐흘러 그것을 표현하고자 하는 욕구를 느낄 때마다 우리를 마구 쓰다듬었다. 뷔콜랭 외삼촌도 이모를 아주 좋아했지만, 이야기 할 때 목소리만 들어봐도 내 어머니를 얼마나 더 좋아했는지를 쉽사리 느낄 수 있었다.

어느 날 저녁, 플랑티에 이모가 말을 꺼냈다.

"얘야, 올 여름에 네가 뭘 할 생각인지는 모르겠다만, 난 네 계획이 뭔지 알 때까지 기다렸다가 무엇을 할지 결정할 생각이야. 내가 너한테 도움이 된다면…….".

"아직 생각을 많이 안 해봤어요. 여행을 해보면 어떨까 싶어요." 내가 대답했다.

이모가 말을 이었다.

"너도 알겠지만, 우리 집이나 퐁괴즈마르나 너는 언제든지 대환영이야. 네가 그곳에 가면 네 외삼촌과 쥘리에트도 기뻐할 게다…….".

"알리사를 말씀하시는 거겠죠."

"그렇지! 미안……. 난 네가 사랑하는 게 쥘리에트라고 생각하고 있었단다! 네 삼촌이 말해줄 때까지는 말이야. 한 달도 채 안 됐지…… 알다시피 내가 너희를 많이 사랑하긴 한다만, 솔직히 너희를 잘 모른단다. 너희를 볼 기회가 거의 없었잖니! ……게다가 난 관찰력이 없어. 멈춰 서서 나랑 상관이 없는 것을 바라볼 시간도 없고. 네가 늘 쥘리에트와 노는 걸 봐왔으니까, 그렇게 생각했지…… 그 아이는 너무나 예쁘고 밝아."

"맞아요, 쥘리에트하고는 지금도 재미있게 놀아요. 하지만 제가 사랑하는 건 알리사예요…….."

"그럼, 그럼! 그야 네 마음이지……. 난 있잖니, 그 아이를 모르는 거나 마찬가지란다. 그 아이가 쥘리에트보다 말수가 적기도 하고. 네가 그 아이를 선택했다면, 너 나름대로 어떤 훌륭한 이유가 있겠지."

"이모, 전 알리사를 사랑하기로 선택하지 않았어요. 제가 어떤 이유로 알리사를 사랑하는지 생각해본 적도 없고요…….."

"화내지 말거라, 제롬. 내가 무슨 딴생각을 품고 말하는 건 아니니까. 너 때문에 너한테 말하려던 걸 잊어버렸구나……. 그래, 이제 생각난다! 물론 나는 이 모든 게 혼사로 끝날 거라고 생각해 하지만 네가 상중이라 당장 격식을 갖춰서 약혼을 할 수는 없잖니…… 게다가 네가 아직 어리기도 하고……. 그래서 네 엄마도 없는데 네가 퐁괴즈마르에서 지내면 사람들에게 안 좋아 보일 수도 있겠다는 생각이 들었단다……."

"이모, 저도 그래서 여행이나 다녀오겠다고 말씀드렸던 거예요."

"그랬구나. 난 내가 거기 가서 너랑 같이 지내면 일이 훨씬 수월해질 거라고 생각했단다. 그래서 이번 여름에 시간을 좀 비워뒀지."

"제가 부탁을 드리기만 하면 미스 애시버턴이 기꺼이 와주실 거예요."

"그 사람이 와줄 거라는 건 나도 안다. 하지만 그걸로는 충분하지 않아! 그러니 나도 가마⋯⋯." 이모가 갑자기 울음을 터뜨리며 덧붙였다. "오! 가엾은 네 엄마를 대신하겠다는 생각은 없다. 하지만 살림은 내가 맡으마⋯⋯. 그러면 너도, 네 외삼촌도, 알리사도 거북스러워하지 않아도 될 거야."

펠리시 이모는 본인이 함께하는 것의 효율성에 대해 잘못 생각하고 있었다. 사실대로 말하자면, 우리가 불편해한 건 오로지 그녀 때문이었다. 이모는 예고한 대로 7월이 되자마자 퐁괴즈마르에 짐을 풀었고, 미스 애시버턴과 나도 머지않아 그녀와 합류했다. 그녀는 집안일을 하는 알리사를 돕는답시고 너무나 조용했던 그 집을 끊임없는 소란으로 가득 채웠다. 우리를 기쁘게 해주기 위해, 본인이 말한 것처럼 "일을 수월하게 하기" 위해 보인 열의가 너무 과해서 알리사와 나는 그녀 앞에서 어색한 나머지 거의 반벙어리가 되기 일쑤였다. 이모로서는 우리가 너무 쌀쌀맞다고 생각되었을 것이다⋯⋯. 하지만 우리가 입을 다물지 않았다 해도 과연 그녀가 우리 사랑이 어떤 것인지 이해할 수 있었을까? 반대로 쥘리에트의 기질은 이 떠들썩한 활기와 꽤 잘 맞았다. 어쩌면 쥘리에트를 눈에 띄게 편애하는 모습을 보며 내가 품은 어떤 반감이 이모에 대한 나의 애정을 막았을지도 모른다.

어느 날 아침, 우편물이 도착한 후에 이모가 나를 불렀다.

"내 가엾은 제롬, 정말 미안하게 됐다. 딸아이가 아프다며 날더러 와달라는구나. 어쩔 수 없이 너희를 두고 가봐야할 것 같아……."

불필요한 가책으로 가득했던 나는 이모가 떠난 후에도 계속 퐁괴즈마르에 있어도 되는지 알 수가 없어 외삼촌을 뵈러 갔다. 내가 말을 꺼내자마자 외삼촌이 소리쳤다.

"가장 자연스러운 일을 복잡하게 만들려고 누님이 또 무슨 상상을 하신 게냐, 응? 너는 왜 우리 곁을 떠나려고 하니, 제롬? 넌 이미 내 아들이나 다름없어."

펠리시 이모는 퐁괴즈마르에 보름밖에 머물지 않았다. 그녀가 떠나자마자 집 안은 고요함을 되찾을 수 있었다. 행복과 매우 흡사한 평온이 다시 자리를 잡았다. 어머니를 잃은 슬픔은 우리의 사랑을 어둡게 만들지 않았다. 오히려 더 심화시켜주었다. 단조로운 흐름의 생활이 시작되었고, 소리가 아주 잘 울리는 곳에 있는 것처럼 우리 마음의 움직임 하나하나가 서로에게 전해졌다.

이모가 떠나고 며칠 후 저녁, 우리는 식탁에서 그녀 얘길 나눴다. 그때 나눈 이야기가 지금도 기억난다. 우리는 이렇게 말했다.

"어찌나 부산스러우신지! 삶의 파도가 그녀의 영혼에 더 이상 휴식을 남겨주지 않는 것일까? 사랑의 아름다운 외관이여, 너의 모습은 여기서 어찌 되어버린 것이냐?"……그 말을 한 건 우리가 슈타인 부인 이야길 하면서 '그 영혼에 비친 세상을 보는 건 멋진 일일 것이다'라고 썼던 괴테를 떠올렸기 때문이었다. 곧이어 우리는 관조하는 능력을 특히 높게 평가하면서 나도 모를 어떤 위계를 세워 나갔다. 그러자 그때까지 입을 다물고 있던 외삼촌이 쓸쓸하게 웃으며 우리에게 말했다.

"애들아, 설사 조각조각 깨졌다 할지라도 주님은 자신의 이미지를 알아보실 게다. 그러니 사람들을 그들 삶의 한순간을 기준으로 판단하는 건 삼가도록 하자꾸나. 너희가 마음에 들어 하지 않는 펠리시 이모의 모든 면은 일련의 사건에서 기인한단다. 그 사건들을 너무나 잘 알고 있는 나로서는 너희처럼 그분을 신랄하게 비판할 수가 없어. 젊은 시절에 너무나 매력적이었던 자질도 늙으면 다 망가진단다. 너희가 펠리시 이모의 부산스러움이라 부르는 것도 처음에는 매력적인 비약, 때 묻지 않은 충동, 순간에의 몰입, 우아함 같은 것이었지. 내가 장담하는데, 우리도 지금 너희 모습과 크게 다르지 않았다. 제롬, 난 너와 많이 비슷했었어. 어쩌면 내가 생각하는 것 이상으로. 펠리시 이모는 지금의 쥘리에트와 많이 닮았었고……. 그래, 몸피까지도." 그가 쥘리에트 쪽을 돌아보며 덧붙였다. "네 목소리를 듣고 있으면 문득 누님이 떠올라. 웃는 모습도 닮았고…… 곧 없어지긴 했지만, 가끔 팔꿈치를 앞으로 내밀고 깍지 낀 손가락에 이마를 기댄 채 아무것도 하지 않고 앉아 있는 몸짓도 닮았어."

미스 애시버턴이 내 쪽을 돌아보며 거의 들리지 않는 목소리로 소곤거렸다.

"네 엄마, 알리사는 네 엄마를 쏙 빼닮았어."

그해 여름은 찬란했다. 모든 것에 하늘빛이 스며든 것 같았다. 우리의 열정이 악과 죽음을 물리쳤다. 어둠이 우리 앞에서 물러났다. 매일 아침 나는 기쁨으로 잠에서 깨어났다. 나는 새벽부터 일어났고, 떠오르는 해를 마중하기 위해 뛰쳐나가곤 했다……. 지금도 그 시절을 회상하면 아침이슬로 가득했던 나날이 떠오른다. 밤 늦게까지 깨어 있는 언니보다 훨씬 일찍 일어나는 쥘리에트는 나와 함께 정원으로 내려갔다. 그녀는 알리사와 나 사이에서 전달자 역할을 했다. 나는 그녀에게 끝없이 우리 사랑을 이야기했고, 그녀도 내 이야기를 지겨워하는 것처럼 보이지 않았다. 넘치는 사랑 탓에 나는 알리사 앞에만 서면 주눅이 들어 쭈뼛거렸다. 그래서 알리사에게 감히 말하지 못하는 것을 그녀에게 털어놓았다. 알리사도 이 놀이에 관심을 보이는 듯했고, 우리가 오로지 그녀 얘기만 한다는 것을 모르거나 모르는 척하면서 내가 쥘리에트에게 그토록 신나게 이야기하는 걸 재미 있어 하는 것 같았다.

오, 사랑의, 지나친 사랑의 감미로운 속임수여, 너는 어떤 비밀스런 길을 통해 우리를 웃음에서 눈물로, 가장 천진난만한 기쁨에서 덕성의 까다로운 요구로 이끌었는가!

달아나버린 그 여름이 너무나 맑고 매끄러워 지금 내 기억은 미끄러져간 그 나날에서 거의 아무것도 붙들 수가 없다. 사건이라고 해봐야 대화, 독서가 고작이었다.

방학이 끝나갈 무렵의 어느 아침, 알리사가 나에게 말했다.

"슬픈 꿈을 꿨어. 난 살아 있는데 네가 죽은 거야. 아니, 네가 죽는 건 보지 못했어. 그냥 네가 죽고 없었어. 얼마나 무섭던지. 절대 있을 수 없는 일이라 난 단지 네가 곁에 없을 뿐이라고 여겼어. 우린 떨어져 있었고, 난 너에게 갈 방법이 있다는 걸 느꼈어. 그래서 이리저리 그 방법을 찾았지. 너에게 가기 위해 얼마나 애를 썼는지 그러느라 잠에서 깨어났어.

오늘 아침에도 그 꿈에서 완전히 깨어나지 못했던 것 같아. 마치 그 꿈을 계속 꾸고 있는 것처럼 말이야. 여전히 내가 너와 헤어져 있는 것 같은, 오랫동안, 아주 오랫동안 너와 헤어져 있을 것 같은 느낌이 들었어." 그녀가 아주 낮은 목소리로 덧붙였다. "내 평생, 평생토록 그렇게 안간힘을 써야만 할 것 같은……."

"뭘 위해서?"

"서로를 만나기 위해. 너도, 나도 안간힘을 써야 할 거 같았어."

나는 그녀의 말을 심각하게 여기지 않았다. 혹은 그러기가 두려웠다. 그 말에 항의라도 하듯, 내가 미친 듯이 뛰는 가슴을 억누르며 순간 용기를 내어 그녀에게 말했다.

"난 말이야, 오늘 아침에 내가 너랑 결혼을 해서 아무것도 우릴 떼어놓을 수 없게 되는 꿈을 꿨어. 죽음 외에는 아무것도."

"넌 죽음이 우릴 떼어놓을 수 있다고 생각해?" 그녀가 말을 이었다.

"내 말은……."

"난 반대로 죽음이 가까워지게…… 그래, 사는 동안 떨어져 있었던 것을 가까워지게 할 수 있다고 생각해."

이 모든 것이 우리 안으로 너무도 깊숙이 들어와 아직도 우리가 나눈 말의 억양까지 들리는 듯하다. 그럼에도 내가 그 말들의 심각성을 온전히 깨달은 것은 훨씬 나중의 일이었다.

여름이 달아나고 있었다. 들판도 이미 대부분이 비어서 시야가 생각했던 것 이상으로 넓게 트여 있었다. 파리로 올라오기 전날, 아니 그 전날 저녁에 나는 쥘리에트와 함께 아래 정원의 작은 숲으로 내려갔다.

"어제 알리사한테 낭송해준 게 뭐였어?" 쥘리에트가 물었다.

"언제?"

"우리가 둘만 뒤에 남겨두고 갔을 때, 이회암갱 벤치에서……."

"아……! 보들레르의 시 몇 구절이었을 거야."

"어떤 구절? ……나한테는 말해주기 싫어?"

"머지않아 우리는 차디찬 어둠 속에 잠기리니", 내가 마지 못해 시작했다. 그러자 그녀가 곧 내 낭송을 끊고는 확연히 달라진 떨리는 목소리로 이어갔다.

"안녕, 너무 짧은 우리 여름날의 찬란한 빛이여!"

"뭐야! 너도 알고 있었어?" 너무 놀란 나머지 내가 소리쳤다. "넌 시를 좋아하지 않는 줄 알았는데……."

"왜? 오빠가 나한테는 시를 읊어주지 않아서?" 그녀가 웃으면서, 하지만 약간 어색해하며 말했다. "가끔 보면, 오빠는 날 완전히 멍청한 애로 여기는 것 같아."

"아주 총명하지만 시를 좋아하지 않을 수도 있어. 네가 시 얘길 하는 걸 한 번도 들어본 적이 없고, 나한테 시를 읊어달라고 한 적도 없잖아."

"그건 알리사 언니가 도맡아 하니까……." 그녀가 잠시 입을 다물고 있다가 불쑥 말했다.

"모레 파리로 올라간다며?"

"그래야 해."

"올 겨울에는 뭐 할 거야?"

"고등사범학교 첫 해니 공부해야지."

"알리사하고는 언제 결혼할 생각이야?"

"군 복무 마치고 나서. 내가 앞으로 뭘 하고 싶은지 좀 더 분명하게 알고 나면."

"그러니까 오빠는 아직도 그걸 모르는구나."

"아직은 알고 싶지 않아. 관심이 가는 게 너무나 많거든. 난 선택을 하고 오로지 그것만 해야 하는 순간을 가능한 한 미루고 있어."

"약혼을 미루는 것도 확실히 정해지는 게 두려워서야?"

내가 대답하지 않고 어깨를 으쓱했다. 그녀가 캐물었다.

"그럼 무엇 때문에 약혼을 미뤄? 왜 당장 약혼을 안 해?"

"도대체 우리가 왜 약혼을 하겠니? 사람들에게 알리지 않아도, 우리가 서로에게 속하며 앞으로도 그러리라는 것을 아는 것만으로 충분하잖아? 알리사에게 내 평생을 바치는 게 행복한데도 내 사랑을 약속으로 묶어놓는 게 더 아름답다고 생각하는 거야, 너는? 난 아냐. 서약 따윈 내 사랑에 대한 모욕으로 보일 거야……. 내가 약혼을 원한다면 그건 알리사를 못 믿는 게 될 거고."

"내가 못 믿는 건 언니가 아냐……."

우리는 천천히 걸었다. 그러다 일전에 내가 알리사와 외삼촌이 나누는 대화를 의도치 않게 들었던 곳에 도달했다. 문득 우리보다 먼저 정원으로 나간 알리사가 내가 있었던 층계 옆 빈터에 앉아 있을 수도 있고, 그래서 나처럼 우리 대화를 의도치 않게 들을 수도 있겠다는 생각이 들었다. 그러자 감히 직접적으로 말하지 못하는 것을 알리사에게 들려줄 수도 있다는 생각이 나를 유혹했다.

"아!" 기발한 책략에 신이 난 내가 내 또래 특유의 약간 과장된 목소리로 외쳤다. 나는 내 말에 완전히 정신이 팔린 나머지 그녀가 말하지 않은 것에 담긴 쥘리에트의 말을 알아듣지 못했다. "아! 우리가 사랑하는 사람의 영혼을 들여다봄으로써, 마치 거울을 보듯, 거기서 우리가 어떤 모습을 하고 있는지 볼 수만 있다면! 타인의 마음을 우리 자신의 마음처럼, 우리 자신의 마음보다 더 잘 읽을 수만 있다면! 애정은 얼마나 평온하겠는가! 사랑은 또 얼마나 순수하겠는가!"

나는 오만하게도 쥘리에트가 보인 동요가 내 형편없는 서정적 표현들 때문이라고 생각했다. 갑자기 그녀가 내 어깨에 얼굴을 묻었다.

"제롬! 제롬! 난 오빠가 언니를 행복하게 해주리라는 걸 확신하고 싶어! 만약 언니가 오빠로 인해 고통을 겪어야 한다면, 난 오빠를 미워할 거야."

"아, 쥘리에트." 나는 그녀를 안아 이마를 들어 올리며 외쳤다. "나도 나 자신을 미워할 거야. 아, 네가 안다면! ……내가 아직 내 앞날을 결정하고 싶어하지 않는 건 오로지 그녀와 함께 내 삶을 더 잘 시작하기 위해서야! 내 모든 미래는 그녀에게 걸려 있어! 그녀가 곁에 없다면 그 무엇도 난 원하지 않아……."

"오빠가 이런 얘기를 하면 언니는 뭐라고 해?"

"알리사에게는 이런 말 한 적이 없어! 우리가 아직 약혼을 하지 않은 것도 그 때문이야. 우리에게는 결혼도, 결혼 후에 할 것도 문제가 되지 않아. 오, 쥘리에트! 그녀와 함께하는 삶이 너무나 아름다워 보여서 난 감히…… 이해할 수 있겠어, 내가 감히 말도 못 꺼내는 걸?"

"오빠는 갑자기 언니를 행복하게 해주길 원하는구나."

"아냐! 그게 아냐. 난 두려워…… 알리사에게 두려움을 줄까봐. 이해하겠니? ……내가 어렴풋이 느끼는 그 어마어마한 행복이 알리사에게 겁을 줄까봐 두려워! 어느 날 내가 알리사에게 여행을 하고 싶으냐고 물어본 적이 있어. 그녀는 나에게 아무것도 원하지 않는다고, 자신에겐 그 고장들이 존재한다는 걸 아는 것으로, 그 고장들이 아름답고, 그곳에 가는 것이 다른 사람들에게 허락된다는 걸 아는 것으로 충분하다고 대답했어……."

"오빠는, 오빠는 여행을 하고 싶어?"

"어디든! 내가 보기엔 삶 전체가 하나의 긴 여행 같아. 알리사와 함께 책들, 사람들, 고장들을 통해 하는 여행……. 닻을 올린다는 말이 뭘 의미하는지 생각해봤니?"

"그럼. 자주 생각해." 그녀가 중얼거렸다. 하지만 나는 그녀의 말을 거의 듣지 않고 있었고, 그것을 상처 입은 가련한 새처럼 바닥에 떨어지게 내버려두었다. 내가 다시 말을 이었다.

"한밤에 길을 나서고, 새벽의 찬란함 속에서 잠을 깨고, 파도의 불확실성 위에 단둘이 있음을 느끼고……."

"그러고는 우리가 아주 어릴 때 엽서에서 봤던, 모든 것이 낯선 항구에 도착하고……. 오빠 팔에 기댄 알리사와 함께 선교를 내려가는 오빠의 모습이 그려져."

"우리는 쥘리에트가 우리에게 보냈을 편지를 찾으러 서둘러 우체국으로 갈 거야." 내가 웃으며 덧붙였다.

"……그녀가 남아 있을 퐁괴즈마르, 두 사람에겐 너무나 작고, 너무나 슬프고, 너무나 멀어 보일 퐁괴즈마르로부터 온 편지……."

쥘리에트가 정말 이렇게 말했을까? 나는 단언할 수가 없다. 다시 말하지만, 나는 내 사랑으로 충만해 있어서 그것의 표현이 아닌 다른 어떤 말에도 거의 귀를 기울이지 않고 있었다.

우리는 층계 옆 빈터 근처에 도착했다. 우리가 되돌아가려는데, 알리사가 갑자기 그늘에서 모습을 드러냈다. 그녀의 얼굴이 너무 창백해서 쥘리에트가 소리를 질렀다.

"그래, 내가 몸이 안 좋아." 알리사가 서둘러 웅얼거렸다. "공기가 차네. 난 집으로 돌아가는 게 좋을 것 같아." 그녀는 곧장 우리 곁을 떠나 빠른 걸음으로 집으로 돌아갔다.

"우리가 한 얘기를 들었나봐." 알리사가 약간 멀어지자마자 쥘리에트가 말했다.

"하지만 우린 그녀의 기분을 상하게 할 이야기는 전혀 하지 않았는걸. 그보다는……."

"나도 가봐야겠어." 쥘리에트가 언니를 쫓아 달려가며 말했다.

그날 밤, 나는 잠을 이룰 수가 없었다. 알리사는 저녁 식사 때 내려왔지만 머리가 아프다며 곧 자기 방으로 올라가버렸다. 그녀는 우리의 대화에서 뭘 들었을까? 나는 불안한 심정으로 우리가 했던 말들을 되새겨보았다. 그러고는 어쩌면 팔로 쥘리에트를 감싼 채 너무 가까이 붙어서 걸은 게 잘못이었다고 생각하기도 했다. 하지만 그건 어린 시절부터의 습관이었다. 알리사는 우리가 그렇게 걷는 걸 이미 수도 없이 보았다. 아, 나는 얼마나 한심한 장님이었던가! 내가 귀 기울여 듣지도 않았고 기억도 잘 못하는 쥘리에트의 말, 어쩌면 알리사가 그걸 더 잘 들었을지도 모른다는 생각은 한순간도 하지 못하고, 내 잘못만 더듬어 찾고 있었던 나는. 아무렴 어때! 불안감에 정신이 나가고, 알리사가 날 의심할 수도 있다는 생각에 겁을 먹은 나는 다른 위험은 상상하지 못한 채, 내가 쥘리에트에게 말했던 것과는 상관없이(어쩌면 그녀가 나에게 했던 말에 자극을 받아), 내 가책과 두려움을 극복하기로, 그다음 날 바로 약혼을 하기로 결심했다.

그날은 내가 떠나기 전날이었다. 나는 그녀의 슬픔을 그 탓으로 돌릴 수도 있었다. 그녀는 날 피하는 것처럼 보였고 그녀와 단둘이 만나보지도 못한 채 하루가 지나가고 있었다. 나는 그녀에게 말을 해보지도 못하고 떠나야 할지도 모른다는 두려움에 떠밀려 저녁 식사 시간 직전에 그녀의 방으로 올라갔다. 그녀는 산호목걸이를 하는 중이었는데, 그걸 목에 걸기 위해 양팔을 들고 몸을 숙인 채 문을 등지고 서서 어깨 너머로 불이 켜진 두 촛대 사이의 거울을 쳐다보고 있었다. 그녀가 나를 본 건 거울을 통해서였는데, 그녀는 고개를 돌리지 않은 채 얼마 동안 거울 속의 나를 계속 쳐다보았다.

"어머! 문이 안 잠겨 있었던 거야?" 그녀가 말했다.

"노크를 했는데 대답이 없었어. 알리사, 내가 내일 떠나는 거 알지?"

그녀는 아무 대답도 하지 않고, 결국 고리를 채우지 못한 목걸이를 벽난로 위에 올려놓았다. 약혼이라는 말이 너무 노골적이고 거칠어 보여 나는 에둘러 말을 했다. 내 말뜻을 알아듣자마자, 알리사는 비틀거리는 듯하다가 벽난로에 기댔다……. 하지만 나 역시 너무나 떨렸기 때문에 감히 그녀 쪽을 바라보지 못했다.

나는 그녀 가까이 있었다. 나는 눈을 들지 못한 채 그녀의 손을 잡았다. 그녀는 손을 빼지 않았다. 그녀는 얼굴을 조금 기울이고 내 손을 살짝 들어 거기에 입을 맞추고는 나에게 반쯤 기댄 채 속삭였다.

"아니, 제롬. 아니야, 우리 약혼하지는 말자, 제발."

내 심장이 너무나 세차게 뛰어 그녀도 그것을 느꼈으리라.

그녀가 더 부드럽게 말을 이었다. "아니, 아직은……."

내가 "왜?"라고 묻자, 그녀가 대답했다.

"왜냐고? 그렇게 물을 사람은 오히려 나야. 왜 바꾸려고 해?"

난 감히 그녀에게 전날의 대화에 대해 말을 꺼낼 수가 없었다. 하지만 아마도 그녀는 내가 그 생각을 하고 있다는 걸 느꼈고, 내 생각에 대한 대답으로 날 뚫어지게 쳐다보며 말했다.

"넌 잘못 생각하고 있어, 제롬. 나에겐 그렇게 많은 행복이 필요치 않아. 우린 이대로 행복하지 않니?"

그녀가 웃으려고 애를 썼지만 되질 않았다.

"아니, 행복하지 않아. 네 곁을 떠나야 하니까."

"제롬, 오늘 저녁에는 너에게 말할 수 없어……. 우리의 마지막 순간을 망치진 말자……. 아냐, 아냐. 난 그 어느 때보다 널 사랑하니까 안심해. 편지를 쓸게. 너한테 설명을 할게. 내일 당장…… 네가 떠나자마자 편지를 쓰겠다고 약속할게. 이제 가! 이런, 내가 울고 있네……. 제발 가줘."

그녀가 날 밀어냈다. 천천히 그녀에게서 날 떼어냈다. 그것이 우리의 작별인사였다. 왜냐하면 그날 저녁 난 그녀에게 더는 아무 말도 할 수 없었고, 그다음 날 내가 떠날 때 그녀는 방에 틀어박혀 있었으니까. 나는 창가에 서서 내가 탄 마차가 멀어져가는 것을 바라보며 손을 흔드는 그녀를 보았다.

III

그해 나는 아벨 보티에를 거의 만나볼 수 없었다. 내가 수사학 반을 다시 다니면서 학사 시험을 준비하는 동안, 그는 징집을 기다리지 않고 자원입대 해버렸다. 아벨보다 두 살 아래였던 나는 우리 둘 다 그해에 들어가기로 되어 있던 고등사범학교를 졸업할 때까지 군복무를 미뤘다.

우리는 반갑게 다시 만났다. 그는 제대를 하자마자 한 달 이상 여행을 했다. 나는 그가 변했을까봐 두려웠다. 하지만 그는 단지 좀 더 자신만만해졌을 뿐, 매력은 조금도 잃지 않고 있었다. 우리가 개학을 앞두고 뤽상부르 공원에 들렀던 그날 오후, 나는 속내를 털어놓지 않고는 배길 수가 없어서 이미 어느 정도는 알고 있는 그에게 내 사랑에 대해 오랫동안 이야기를 했다. 그해 몇 번 여자를 사귀어본 경험이 있었던 그가 듯 약간

거들먹거렸지만, 나는 전혀 기분 나쁘지 않았다. 그는 여자는 절대 정신을 차리게 내버려두면 안 된다는 것을 철칙으로 내세우며 내가 마지막 한 방을 날릴 줄 몰랐다고 놀려댔다. 나는 그가 말을 하게 내버려뒀지만, 속으로는 그의 탁월한 논거들은 나에게나 알리사에게나 전혀 도움이 안 되며, 우리를 잘 이해하지 못한다는 것을 보여주고 있을 뿐이라고 생각했다.

우리가 도착한 다음 날, 나는 이 편지를 받았다.

내 소중한 제롬,

네가 나에게 제안한 것〔내가 제안한 것! 우리의 약혼을 그렇게 부르다니!〕에 대해 많이 생각해봤어. 난 너에 비해 내 나이가 너무 많은 게 아닌지 두려워. 아마 너한테는 그렇게 보이지 않을지도 몰라. 다른 여자들을 만나볼 기회가 없었으니까. 하지만 나중에, 나를 너에게 준 후에, 내가 더 이상 네 마음에 들 수 없다는 걸 알게 된다면, 난 많이 괴로울 것 같아. 이 편지를 읽으면서 아마 너는 무척 화를 내겠지. 네 항변이 귀에 들리는 것 같아. 하지만 부탁하는데, 산다는 게 뭔지 네가 좀 더 알 때까지 기다려줘.

내가 이런 말을 하는 건 오직 널 위해서라는 걸 알아줬으면 해. 내가 널 사랑하길 멈추는 일은 결코 없을 테니까.

알리사

우리 사랑을 멈추다니! 우리 사이에 그런 게 문제가 될 수 있다니! 나에게는 슬픔보다 놀라움이 더 컸다. 충격이 너무 커서 곧바로 아벨에게 달려가 편지를 보여줬다.

"그래서 넌 어떡할 작정이야?" 입을 꾹 다물고 고개를 끄덕이며 편지를 다 읽은 후에 아벨이 말했다. 나는 불안과 슬픔에 겨워 어깨를 으쓱했다. "부탁이니까 적어도 답장은 하지 마! 여자와 논쟁을 시작하면 이미 끝장난 거나 다름없어⋯⋯. 이렇게 하자. 토요일에 르아브르로 내려가서 자면 일요일 아침에 퐁괴즈마르에 갔다가 다시 올라와서 월요일 첫 수업을 들을 수 있어. 내가 군복무 이후로 네 친척들을 못 봤으니까 충분한 핑곗거리도 되고 내 체면도 서고 좋잖아. 그게 핑계에 불과하다는 걸 알리사가 안다 하더라도, 더 잘됐지 뭐! 네가 알리사와 이야기하는 동안 쥘리에트는 내가 맡을게. 제발 어린애처럼 굴지는 마⋯⋯. 사실대로 말하자면, 네 이야기에는 잘 납득이 안 되는 구석이 있어. 네가 나한테 모든 걸 이야기하지 않은 게 분명해⋯⋯. 상관없어! 내가 그걸 밝혀낼 거니까⋯⋯. 우리가 간다는 건 절대 알리지 마. 불시에 방문해서 네 사촌누이에게 무장할 시간을 주지 말아야 해."

정원의 살문을 미는데 가슴이 세차게 뛰었다. 쥘리에트가 곧바로 달려와 우리를 맞았다. 알리사는 속옷을 정리하고 있다며 서둘러 내려오지 않았다. 우리가 외삼촌과 미스 애시버턴과 얘기를 나누고 있는데 그녀가 마침내 응접실로 들어왔다. 우리의 갑작스런 방문이 그녀를 혼란에 빠뜨렸을 지도 모르지만, 적어도 겉으로는 드러내지 않았다. 나는 아벨이 했던 말을 떠올렸고, 그녀가 그렇게 오랫동안 모습을 드러내지 않은 건 바로 나에 대해 '무장을 하기' 위해서였다고 생각했다. 극도로 들뜬 쥘리에트의 호들갑이 그녀의 차분한 태도를 더욱 냉랭해 보이게 했다. 나는 그녀가 이 기습 방문을 달가워하지 않는다는 것을 느꼈다. 적어도 그녀는 태도를 통해 내가 감히 그 이면에서 보다 격한 비밀스런 동요를 찾으려 들 수 없을 정도로 확고한 반대의 뜻을 보여주려고 했다. 한쪽 구석에, 우리와 멀찍이 떨어진 창문 근처에 자리 잡은 그녀는 입술을 달싹거리며 바늘자리를 찾는 것이 수놓는 일에만 온통 정신이 팔린 듯 보였다. 아벨이 이 얘기 저 얘기를 해댔다. 다행스럽게도! 왜냐하면 나에게는 그럴 기력이 없었으니까. 아벨이 군 생활과 여행에 관한 이야기를 늘어놓지 않았다면, 이 재회의 첫 순간은 침울했을 것이다. 외삼촌도 유달리 근심스런 표정을 짓고 있었다.

점심 식사가 끝나자마자, 쥘리에트가 나를 따로 부르더니 정원으로 데리고 나갔다.

"누가 나한테 청혼을 했어!" 우리 둘만 있게 되자 그녀가 외쳤다. "펠리시 고모가 어제 아빠한테 편지를 보냈는데, 님에서 포도를 재배하는 사람이 나랑 결혼하고 싶어한대. 고모 말로는 아주 괜찮은 사람인데, 올봄에 사교 모임에서 날 몇 번 보고는 홀딱 반했다나봐."

"그 사람, 너도 누군지 짐작이 가니?" 그 청혼자에 대해 무의식적인 적의를 드러내며 내가 물었다.

"응, 나도 누군지 잘 알아. 사람 좋은 일종의 돈키호테인데, 교양 없고, 아주 못생기고, 아주 상스러워. 얼마나 우스꽝스러운지 고모도 그 사람 앞에서는 웃음을 못 참으셔."

"그 사람…… 가망성이 있는 거야?" 내가 놀리는 투로 물었다.

"나 참, 제롬! 농담하지 마! ……오빠가 그 사람 봤다면 나한테 그런 질문은 하지도 않았을 거야."

"그럼…… 외삼촌은 뭐라고 답했어?"

"내가 대답한 대로. 내가 결혼을 하기에는 너무 어리다고……." 그녀가 웃으며 덧붙였다. "골치 아프게도 고모는 내 반응을 이미 예상하고 있었어. 고모가 추신에 에두아르 테시에르 씨가, 그 사람 이름이야, 기다리는 데 동의한다고, 그가 이렇게 일찍 청혼하는 것은 단지 '줄을 서기' 위해서라고 썼거든……. 말도 안 돼. 그렇지만 내가 어쩌겠어? 너무 못생겼다고 전하라 할 수는 없는 노릇이잖아!"

"그럴 수야 없지. 하지만 포도 재배하는 사람하고는 결혼할 의사가 없다고 전하라 하면 되잖아."

그녀가 어깨를 으쓱하며 말했다.

"그런 이유는 고모한테 안 먹혀……. 그건 그렇고, 알리사

언니가 오빠한테 편지 썼어?"

쥘리에트는 쉴 새 없이 수다를 떨었고, 몹시 흥분한 것처럼 보였다. 나는 그녀에게 알리사의 편지를 건넸다. 그녀는 잔뜩 상기된 얼굴로 편지를 읽어 내려갔다.

"그래서 오빠는 어떡할 거야?"

그녀가 이렇게 물었을 때, 나는 그녀의 목소리에서 화난 기색이 느껴진다고 생각했다.

"나도 이젠 모르겠어. 막상 여기 내려와 보니, 편지를 쓰는 게 더 나았겠다는 느낌이 들어. 여기 온 게 벌써 후회돼. 알리사가 말하려고 한 게 뭔지 넌 알 것 같아?"

"난 언니가 오빠를 자유롭게 내버려두고 싶어한다고 생각해."

"내가 자유롭고 싶어하긴 하나? 그럼 알리사가 왜 나한테 그런 편지를 썼는지도 아는 거야?"

그녀는 모르겠다고 대답했다. 그 말투가 워낙 무뚝뚝해서, 진실을 전혀 감지하지 못하면서도 나는 그 순간부터 쥘리에트가 뭔가를 알고 있다고 확신했다. 우리가 따라 걷던 오솔길 모퉁이에서 그녀가 갑자기 홱 돌아서더니 말했다.

"이제 가봐야겠어. 오빠는 나랑 얘기하러 온 게 아니잖아. 우린 너무 오래전부터 함께 있었어."

그녀는 집을 향해 뛰어서 달아났다. 잠시 후 그녀가 치는 피아노 소리가 들려왔다.

내가 응접실로 돌아갔을 때, 그녀는 피아노 연주를 멈추지 않은 채, 이제 되는 대로 즉흥연주를 하듯 무심히 건반을 두드리면서, 곁에 와 있던 아벨과 이야기를 나누고 있었다. 나는 그들을 내버려둔 채 알리사를 찾아 한참 동안 정원을 돌아다녔다.

알리사는 과수원 안쪽 담장 발치에서 너도밤나무 숲의 낙엽과 향기를 섞고 있는 첫 국화를 따고 있었다. 대기는 가을로 충만했다. 햇살은 이제 과수장을 겨우 데워줄 정도였지만, 하늘은 더없이 맑았다. 그녀의 얼굴은 커다란 제일란트 모자의 챙에 둘러싸여 거의 가려져 있었다. 아벨이 여행 선물로 가져다준 것을 곧바로 쓴 모양이었다. 그녀는 내가 다가가도 처음에는 돌아보지 않았다. 하지만 미처 누르지 못한 가벼운 소스라침을 통해 나는 그녀가 내 발소리를 알아들었다는 것을 알 수 있었다. 벌써 몸이 뻣뻣하게 굳어 왔지만, 나는 질책과 준엄함으로 나를 짓누를 그녀의 눈길을 견뎌내야 한다고 나 자신을 다잡았다. 하지만 내가 아주 가까이 다가가자, 내가 겁을 먹은 듯 걸음걸이를 늦추자, 그녀가 내 쪽을 돌아보지 않고 토라진 아이처럼 고개를 숙인 채, 거의 등 뒤로, 나를 향해, 어서 오라고 초대라도 하듯, 꽃으로 가득한 손을 내밀었다. 그것을 본내가 반대로 장난치듯 멈추어 서자, 그녀가 마침내 돌아서더니 나를 향해 몇 발짝 걸어와서는 고개를 들었다. 나는 웃음으로 가득한 그녀의 얼굴을 보았다. 그녀의 눈길이 환히 비추자, 모든 것이 갑자기 또다시 너무나 단순하고 쉬워 보여서 나는 힘들이지 않고, 평소의 목소리로 말을 시작했다.

"내가 돌아온 건 네 편지 때문이야."

"나도 그렇게 짐작했어." 그녀가 이렇게 대답하고는 목소리에 담긴 날카로운 질책의 억양을 누그러뜨리며 말을 이었다. "그런데 날 화나게 하는 게 바로 그거야. 넌 왜 내가 말한 걸 안 좋게 받아들였어? 아주 간단한 얘기였는데……. (이미 내 슬픔과 어려움은 내가 상상해낸 것일 뿐이라는 생각이 들었다. 그것들은 내 머리 속에만 존재했다.) 우린 이대로 행복하다고 내가 분명히 말했잖아. 바꾸자는 네 제안을 내가 거절한다고 해서 놀랄 이유가 어디 있어?"

실제로 나는 그녀 곁에 있으면 행복했다. 이제는 무엇 하나 그녀와 다르게 생각하려 들지 않을 정도로 완벽하게 행복했다. 이미 나는 그녀의 웃음 이상은, 이렇게 그녀에게 손을 맡기고 꽃들로 둘러싸인 따사로운 길을 거니는 것 이상은 그 무엇도 원하지 않았다.

"네가 원치 않는다면", 갑자기 다른 모든 희망을 포기하며, 그 순간의 완벽한 행복에 나 자신을 내맡기며 내가 심각하게 말했다. "네가 원치 않는다면, 우린 약혼하지 않을 거야. 네 편지를 받았을 때, 난 내가 진실로 행복하다는 걸, 그리고 그 행복이 날 떠나리라는 걸 동시에 깨달았어. 오! 내가 누렸던 그 행복을 돌려줘. 난 그것 없이는 살 수 없어. 난 널 평생 기다릴 수 있을 정도로 사랑해. 하지만 네가 날 사랑하지 않게 되거나 내 사랑을 의심한다면, 알리사, 난 그 생각을 견딜 수가 없어."

"의심이라니! 제롬, 난 네 사랑을 의심할 수 없어."

이렇게 말하는 그녀의 목소리는 차분하고 슬펐다. 하지만 그녀의 얼굴을 환히 밝히는 웃음이 여전히 너무나 평온하고 아름다워서 난 내 두려움과 항변이 부끄러웠다. 그녀의 목소리 깊은 곳에서 느껴졌던 슬픔의 여운이 오로지 그것들로부터 오는 것 같았으니까. 내가 느닷없이 내 계획, 공부, 그리고 내가 많은 것을 얻을 수 있으리라 기대하는 새로운 생활방식에 대해 말하기 시작했다. 당시의 고등사범학교는 지금의 그곳과는 달랐다. 꽤 엄격한 규율을 견디기 힘들어한 건 게으르거나 말을 안 듣는 학생들뿐이었다. 공부하려는 의지를 가진 학생에겐 기운을 북돋아주었다. 나는 거의 수도사적인 이러한 습관이 내가 그리 매력을 못 느꼈던 세상, 알리사가 두려워할 수 있다는 것만으로도 곧 나에겐 가증스러운 것으로 보였던 세상으로부터 나를 보호해주는 것이 마음에 들었다. 미스 애시버턴은 어머니와 함께 지내던 파리의 아파트를 계속 가지고 있었다. 파리에서 아는 사람이라곤 그녀밖에 없었던 아벨과 나는 일요일마다 그녀 곁에서 몇 시간을 보낼 것이고, 나는 일요일마다 알리사에게 편지를 써서 그녀가 내 삶에 대해 속속들이 알 수 있게 할 것이다.

우리는 이제 열린 창틀 위에 앉아 있었다. 마지막 열매들까지 다 따버린 오이의 거대한 덩굴들이 창틀 위로 마구 뻗어 있었다. 알리사는 내 말을 귀 기울여 듣고는 이런저런 질문을 했다. 나는 아직 그녀에게서 그보다 더 주의 깊은 애정, 그보다 더 따뜻한 사랑을 느껴본 적이 없었다. 두려움, 근심, 가장 가벼운 마음의 동요마저도 안개가 완벽한 쪽빛 하늘 속에서 그러하듯 그녀의 환한 웃음 속에서 증발했고, 그 매력적인 친밀감 속으로 흡수되었다.

이윽고 쥘리에트와 아벨이 우리와 합류했고, 그곳 너도밤나무 숲 벤치에서 우리는 스윈번의 〈시간의 승리〉*를 다시 읽으며 낮의 마지막 시간을 보냈다. 각자 돌아가며 한 절씩 읽는 동안 날이 저물었다.

"자!" 우리가 출발할 때 알리사가 날 안아주며 반농담조로, 내 분별없는 행동이 그렇게 만들고 그녀가 너그러이 받아준 손위 누이의 태도로 말했다. "앞으로는 이렇게 엉뚱하게 굴지 않겠다고 약속해줘……."

"어때? 약혼은 한 거야?" 또 다시 둘만 있게 되자 아벨이 나에게 물었다.

"아벨, 이젠 약혼 따윈 문제가 안 돼." 내가 이렇게 대답하고는 새로운 질문의 싹을 잘라버리는 어조로 곧바로 덧붙였다. "이대로 지내는 게 훨씬 나아. 오늘 저녁보다 더 행복했던 적은

*실연의 아픔 속에서 시간의 흐름과 죽음의 의미를 되새기다 생명의 어머니 바다의 품에서 위안을 얻는다는 내용을 담은 찰스 스윈번의 장시(長詩).

없었어."

"나도 그래." 그가 외쳤다. 그러더니 갑자기 내 목을 끌어안으며 말했다. "너한테 놀랍고 기막힌 얘기를 해줄게! 제롬, 나, 쥘리에트한테 푹 빠졌어! 작년에 이미 혹시 그런 게 아닌가 하는 생각이 약간은 들었어. 하지만 그 후로 난 세상 경험을 했고, 네 사촌누이들을 다시 보기 전에는 너한테 아무 말도 하고 싶지 않았어. 이제 끝났어. 내 삶은 정해졌어.

> 나는 사랑하노라…… 사랑하다니, 이 무슨 소린가. 나는
> 쥘리에트를 경배하노라!*

어쩐지 오래전부터 너한테서 동서지간의 정이 느껴지는 것 같더라니……."

그는 웃고 까불며 있는 힘을 다해 나를 껴안았고, 우리를 파리로 실어가는 기차의 푹신한 의자 위에서 어린아이처럼 뒹굴었다. 나는 그의 느닷없는 고백에 기가 막혔고, 내가 그 고백에 섞여 있다고 느낀 문학적 과장이 약간은 거북스럽기도 했다. 하지만 그와 같은 격정과 기쁨에 어떻게 저항하겠는가?

"뭐야! 그 아이한테 고백은 했고?" 그가 감정을 토로하는 사이에 내가 간신히 물었다.

*라신의 비극 《브리타니퀴스》 중 네로가 이복동생 브리타니퀴스의 연인 쥐니를 향한 정념을 드러내는 장면의 대사.

"천만에! 천만에!" 그가 소리쳤다. "난 이야기의 가장 매력적인 장(章)을 건너뛰고 싶지 않아.

　　사랑에서 가장 좋은 순간은
　　'사랑해'라고 말하는 때가 아니다……*

이봐! 느림의 대가인 네가 날더러 느리다 나무라진 않겠지?"

"그러니까 네 생각에는 그 애도, 그 애 쪽에서도……." 내가 약간 짜증이 나서 말했다.

"날 오랜만에 보고는 어쩔 줄을 모르던데, 넌 눈치채지 못한 모양이구나! 우리가 그 집에 있던 내내 흥분을 감추지 못하고, 수시로 얼굴을 붉히고, 끊임없이 말을 쏟아내고……. 그래, 넌 눈치채지 못한 게 당연해. 알리사한테 온통 정신이 팔려 있었잖아……. 쥘리에트가 나한테 어찌나 질문을 퍼부어대던지! 내 말을 어찌나 귀 기울여 듣던지! 일 년 전과는 비교할 수 없을 정도로 똑똑해졌더라고. 네가 어째서 쥘리에트는 책을 좋아하지 않는다고 생각할 수 있었는지 난 모르겠어. 넌 여전히 독서는 오로지 알리사를 위한 것이라고 믿지……. 하지만 이 친구야, 쥘리에트는 놀라울 정도로 아는 게 많아! 우리가 저녁을

*쉴리 프리돔의 시 〈사랑에서 가장 좋은 순간은〉의 첫 구절.

먹기 전에 뭘 하면서 놀았는지 알아? 단테의 칸초네를 암송하면서 놀았어. 번갈아가며 시구를 하나씩 암송했는데, 내가 틀리니까 그녀가 고쳐줬어. 너도 잘 알잖아.

　　내 마음 가득 속삭여주는 사랑이여.

　넌 왜 쥘리에트가 이탈리아어를 배웠다고 나한테 말 안 해줬어?"

"나도 몰랐어." 적잖이 놀란 내가 말했다.

"뭐라고! 칸초네 암송을 시작할 때, 그걸 알게 해준 게 바로 너라고 하던데."

"아마 알리사가 늘 하듯 우리 곁에서 바느질을 하거나 수를 놓은 날, 내가 그녀에게 읽어주는 걸 들었을 거야. 하지만 전혀 이해하는 것처럼 보이진 않았는데."

"맞아! 알리사와 넌 정말이지 놀라운 이기주의자들이야. 사랑에 푹 빠져 있었겠지. 그래서 그 지성, 그 영혼의 놀라운 개화에는 눈길 한 번 주지 않았던 거고! 자화자찬하려는 건 아니지만, 내가 등장할 때가 되었던 거야……. 아냐, 아냐, 보다시피 난 널 탓하는 게 아냐." 그가 날 또 다시 끌어안으며 말했다. "다만 약속해줘, 알리사에게는 이 모든 것에 대해 한 마디도 않겠다고. 내 일은 내가 알아서 할 거야. 쥘리에트는 사랑에 빠졌어. 그건 확실해. 다음 방학 때까지 그냥 내버려둬도 될 정도로 말이야. 난 그때까지는 그녀에게 편지도 쓰지 않을 생각이야.
하지만 신년 휴가는 우리 둘 다 르아브르에서 보내도록 하자.
그러면…….”

“그러면……?”

“뭐긴 뭐야! 알리사가 별안간 우리의 약혼을 알게 되는 거
지. 난 그 일을 신속하게 처리할 생각이야. 어떤 일이 벌어질지
알겠어? 네가 얻어낼 수 없었던 알리사의 동의, 우리의 본보기
로 밀어붙여서 내가 얻어줄게. 너희보다 먼저 결혼식을 올릴
순 없다고 알리사를 설득하겠다, 이 말이야…….”

그는 계속 떠들어댔다. 기차가 파리에 도착했을 때도, 우리
가 고등사범학교에 돌아갔을 때도 멈추지 않은, 그 고갈되지
않는 말의 홍수는 나를 그 속에 완전히 잠기게 했다. 역에서 학
교까지 걸어서 온 데다 밤늦은 시각이었음에도 아벨은 내 방까
지 따라왔고, 우리는 아침까지 대화에 빠져들었으니까.

열광한 아벨은 현재와 미래를 마음대로 주물렀다. 그는 벌
써 우리 두 쌍의 결혼을 내다보았고 이야기했다. 우리 각자가
놀라고 기뻐하는 모습을 상상하고 묘사했다. 우리의 이야기,
우리의 우정, 내 사랑에서 자신이 한 역할의 아름다움에 도취
했다. 나는 그토록 기분 좋은 열기로부터 나 자신을 잘 방어하
지 못했고, 그것이 마침내 나 자신에게 스며드는 것을 느꼈다.
나는 그 공상적인 제안들의 매력에 서서히 빠져들었다. 우리
의 사랑 덕분에 우리의 야망과 용기도 부풀어 올랐다. 우리는

고등사범학교를 졸업하자마자 보티에 목사의 주례로 합동결혼식을 올리고 넷이 함께 여행을 떠날 것이다. 그런 다음, 우리는 거대한 작업에 뛰어들 거고, 우리의 아내들은 기꺼이 우리의 조력자가 되어줄 것이다. 교수직에는 별로 뜻이 없고 자신이 글을 쓰기 위해 태어났다고 믿는 아벨은 성공작 몇 편을 내어놓아 그에게 부족한 돈을 순식간에 벌 것이다. 공부로 얻을 수 있는 이익보다는 공부 자체에 더 큰 매력을 느끼는 나는 종교철학에 몰두할 생각이었고, 종교철학사를 쓸 계획을 품고 있었다……. 하지만 여기서 그 많은 희망을 떠올린들 무슨 소용이 있겠는가?

다음 날부터 우리는 공부에 몰두했다.

IV

신년 휴가까지는 남은 기간이 얼마 되지 않아 알리사와 나눈 지난번 대화로 한층 고양된 나의 믿음은 한순간도 약해질 수 없었다. 나는 스스로 다짐한 대로 일요일마다 그녀에게 아주 긴 편지를 썼다. 다른 요일에는 기껏해야 아벨을 만날 뿐 급우들과는 떨어져 지내면서 알리사 생각에 잠겨 살았으며, 내가 찾는 흥미보다는 그녀가 가질 수도 있는 흥미를 우선 염두에 두고 내 애독서들을 그녀를 위한 표시들로 채워 나갔다. 그녀의 편지들은 여전히 날 불안하게 했다. 내 편지에 꼬박꼬박 답장을 하긴 했지만, 나는 나를 따르는 그녀의 열의에서 마음의 이끌림보다는 내 면학 의지를 북돋우려는 배려를 더 많이 느꼈다. 심지어, 평가, 토론, 비평이 나에게는 내 생각을 표현하는 수단에 불과한 반면, 그녀는 그 모든 것을 자신의 생각을 감추기 위해 이용하는 것처럼 보였다. 가끔은 그녀가 장난으로 그러는 게 아닌가 하는 의심이 들기도 했다……. 아무럼 어떠랴! 절대 징징거리지 않기로 단단히 결심을 한 나는 편지에 불안감을 내비치는 것은 무엇 하나 남겨두지 않았다.

12월 말경, 아벨과 나는 르아브르로 떠났다.

나는 플랑티에 이모 댁에 짐을 풀었다. 내가 도착했을 때 이모는 집에 없었다. 하지만 내가 방에 짐을 정리하자마자, 하인이 와서 이모가 응접실에서 날 기다리고 있다고 알려줬다.

이모는 건강은 어떠냐, 지내는 곳은 괜찮으냐, 공부는 잘 되어가고 있느냐고 묻고는 더 이상 에두르지 않고 곧바로 애정 어린 호기심을 드러냈다.

"애야, 나한테는 아직 말해주지 않았잖니. 지난여름 퐁괴즈마르에 간 건 만족스러웠니? 너희 혼사는 좀 진척시킬 수 있었고?"

이모의 서툴지만 어진 관심을 견뎌내야만 했다. 가장 순수하고 가장 부드러운 말로 해도 나에게는 막 다루는 것처럼 보였던 그 감정에 대해 그토록 건성으로 이야기하는 이모의 말을 듣는 건 고역이었지만, 그것을 말하는 어조가 너무나 단순하고 다정했기 때문에 거기 대고 화를 내는 것은 어리석은 짓이 되었을 터였다. 그럼에도 우선은 다소 반발심이 들었다.

"봄에 뵀을 때는 약혼은 아직 이른 것 같다고 말씀하셨잖아요?"

"그랬지. 나도 알고 있다. 처음에는 다들 그렇게 말하는 거야." 이모가 내 손을 잡아 비장하게 꼭 쥐면서 말을 이었다. "네 공부도 그렇고 군복무 때문에 너희가 앞으로 몇 년 동안은 결혼할 수 없다는 거 알아. 그렇긴 해도 개인적으로 난 약혼 기간이 길어지는 건 반대란다. 처녀들을 지치게 만들거든……. 하지만 가끔은 아주 감동적이 되기도 하지. 게다가 약혼을 꼭 공식적으로 할 필요는 없단다……. 단지 그 아가씨들이 더 이상 다른 혼처를 찾을 필요가 없다는 걸 알게 하면 되는 거야. 오! 조심스럽게 말이다. 그러면 너희 서신왕래도 교제도 인정받게 되고, 만약 다른 혼처가 나타나도……. 얼마든지 일어날 수 있는 일이잖니." 그녀가 적절한 미소를 지으며 넌지시 말했다. "완곡하게 거절할 수도 있지…… 아니라고, 그럴 필요 없다고. 너도 알지, 쥘리에트에게 청혼이 들어온 거! 그 아이가 올 겨울에 크게 주목을 받았단다. 아직 좀 어리기는 하지. 아닌 게 아니라 그 아이도 그렇게 대답했고. 그래도 그 청년은 기다리겠다는구나. 뭘 엄밀히 말하자면 더 이상 청년은 아니지만……. 간단히 말해, 아주 좋은 혼처야. 아주 확실한 사람이지. 그렇잖아도 내일 그 사람을 보게 될 게다. 내 크리스마스트리를 구경하러 오기로 했으니까. 찬찬히 보고 인상이 어떤지 말해주려무나."

"그런데 이모, 전 그 사람이 헛수고하는 건 아닌지, 쥘리에트가 다른 누군가를 마음에 두고 있는 건 아닌지 걱정스럽네요." 곧바로 아벨의 이름을 꺼내지 않기 위해 무진 애를 쓰며 내가 말했다.

"그래?" 이모가 의아하다는 듯 입을 쑥 내밀고 고개를 갸웃하며 말했다. "그것 참 놀랍구나! 그럼 왜 그 아이는 나한테 아무 말도 안 했을까?"

나는 더 이상 말하지 않기 위해 입술을 깨물었다.

"설마! 어디 두고 보자꾸나……. 요즘 쥘리에트가 몸이 좀 안 좋아. 그런데 지금 문제는 그 아이가 아니지……. 아! 알리사도 참 사랑스러워……. 그러니까 뭐냐, 그 아이한테 고백을 한 거냐, 안 한 거냐?"

너무나 부적절하고 거칠어 보인 그 고백이라는 말에 격한 반발심이 들었지만, 거짓말에 서툰 나는 애매하게 대답을 했다.

"했어요."

말하고 나니, 얼굴이 벌겋게 달아오르는 게 느껴졌다.

"그 아이는 뭐라고 하디?"

나는 고개를 숙였다. 할 수만 있다면 대답을 안 하고 싶었다. 내가 더 모호하게, 기어들어가는 소리로 말했다.

"약혼을 거절했어요."

"그랬구나! 그 아이가 옳아, 고 깜찍한 것! 너희에게 시간은 얼마든지 있으니까, 그렇고말고……."

"오, 이모, 그 얘긴 그만해요." 화제를 돌리려고 애쓰며 내가 말했다. 하지만 허사였다.

"놀랄 일도 아니지. 네 사촌누이는 늘 너보다 분별이 있어 보였거든."

그때 내가 도대체 왜 그랬는지 나도 모르겠다. 그 심문에 짜증이 나서 그런지, 갑자기 내 가슴이 찢어지는 것 같았다. 그래서 어린아이처럼 사람 좋은 이모의 무릎에 얼굴을 묻고 울음을 터뜨렸다.

"이모, 아니에요, 이모는 이해 못 해요. 알리사는 나한테 기다려달라고 한 게 아니에요……."

"뭐라고! 그럼 그 아이가 퇴짜라도 놨다는 말이냐?" 그녀가 손으로 내 이마를 들어 올리며 연민이 가득한 아주 부드러운 어조로 말했다.

"그것도 아니에요……. 아뇨, 꼭 그런 건 아니에요."

내가 슬픈 표정으로 고개를 저었다.

"그 아이가 더 이상 널 사랑하지 않을까봐 두려운 게냐?"

"오! 아니에요. 제가 두려워하는 건 그게 아니에요."

"가엾은 녀석, 내가 널 이해해주길 원한다면 좀 더 분명하게 설명을 해야지."

나는 이모 앞에서 약한 모습을 보인 게 부끄럽고 슬펐다. 아마 이모는 내가 불안해하는 이유를 제대로 이해하지 못했을 것이다. 하지만 알리사의 거절 이면에 어떤 구체적인 이유가 감춰져 있다면, 이모가 알리사에게 슬쩍 물어봄으로써 그것을 찾아내는 데 도움을 줄 수도 있었다. 이모가 먼저 그 얘길 꺼냈다.

"들어보렴. 알리사가 내일 아침에 이리로 와서 나와 함께 크리스마스트리를 장식하기로 되어 있단다. 일이 어떻게 된 건지 내가 후딱 알아보고 점심 때 너한테 알려주마. 내 확신하는데, 그렇게 불안해할 필요가 없다는 걸 너도 알게 될 게다."

나는 뷔콜랭 댁으로 저녁 식사를 하러 갔다. 며칠 전부터 몸이 안 좋은 쥘리에트는 어딘가 변한 것처럼 보였다. 눈길이 약간 사나운, 거의 몰인정한 표정을 띠고 있어서 언니와는 전보다 더 많이 달라 보였다. 그날 저녁에는 그 둘 중 누구와도 따로 이야기를 나눌 수가 없었다. 게다가 나 역시 그것을 원하지 않았다. 외삼촌이 피곤해 보였기 때문에 나는 식사를 마치자마자 삼촌 댁을 나섰다.

플랑티에 이모가 준비하는 크리스마스트리는 해마다 많은 아이들, 친척들, 친구들을 모여들게 했다. 트리는 층계 아래 현관에 세워졌는데, 현관은 첫 번째 대기실과 응접실로 통했고, 유리문을 열면 뷔페를 차려놓은 일종의 온실이 나왔다. 트리의 장식이 아직 마무리되지 않아서, 내가 도착한 다음 날인 크리스마스 아침에 이모가 예고한 대로 알리사가 이모를 도와 트리 가지에 장식, 전구, 과일, 과자, 장난감을 달기 위해 일찍부터 와 있었다. 나도 그녀 곁에서 일을 도왔다면 무척 즐거웠겠

지만, 이모가 그녀에게 말을 하게 자리를 피해줘야만 했다. 그
래서 나는 그녀를 보지도 못한 채 집을 나섰고, 오전 내내 불안
한 마음을 달래려고 애썼다.

　나는 우선 쥘리에트를 만나보고 싶어서 뷔콜랭 댁으로 갔
다. 아벨이 나보다 먼저 와서 쥘리에트 곁을 지키고 있었다. 나
는 혹시 결정적인 대화를 중단시킬까 두려워 서둘러 물러나서
는 점심 시간이 될 때까지 부두와 거리를 돌아다녔다.

　"바보 같은 녀석!" 내가 돌아가자 이모가 소리쳤다. "어떻게
인생을 그런 식으로 망칠 수가 있니! 네가 오늘 아침에 나한테
얘기한 것에는 이치에 닿는 말이 단 한 마디도 없더구나…….
오! 난 이리저리 에둘러 가지 않았다. 우리 일을 돕느라 지친
미스 애시버턴을 산책 내보내고 알리사와 단둘이 있게 되자
마자 내가 그 아이한테 왜 이번 여름에 약혼을 하지 않았느냐
고 단도직입적으로 물었다. 넌 아마 그 아이가 당황했을 거라
고 생각하겠지? 그 아이는 한순간도 흔들리지 않고 아주 차분
하게 제 동생보다 먼저 결혼하고 싶지 않다고 하더구나. 네가
솔직하게 물어봤으면 너한테도 똑같이 대답했을 게다. 이런데
혼자 끙끙댈 게 뭐가 있니, 안 그러냐? 애야, 보거라, 솔직함만
한 건 아무것도 없단다……. 가엾은 알리사, 제 아비를 두고
떠날 수 없다는 얘기도 하더구나……. 오! 우린 얘기를 많이
나눴단다. 아주 철이 많이 들었어, 고 깜찍한 것. 자신이 네 배
필로 알맞은지 아직 확신이 안 선다는 얘기도 했어. 너에 비해

나이가 너무 많은 게 두렵다면서 쥘리에트 또래의 여자가 너한테 더 바람직하지 않겠냐는 거야……."

이모가 말을 계속했지만, 나는 더 이상 듣지 않고 있었다. 나에게 중요한 것은 단 한 가지, 알리사가 동생보다 먼저 결혼하길 거부한다는 사실이었다. 그런데 아벨이 있지 않은가! 따라서 그 잘난 체 하는 녀석의 말이 옳았다. 그는 자기 입으로 말한 대로 우리 두 쌍의 결혼을 한꺼번에 성사시킬 터였다…….

나는 알리사의 속내(너무나 간단한!)를 전해 듣고 흥분을 주체할 수 없었지만 이모에게는 그것을 최선을 다해 숨겼다. 점심 식사를 마치자마자, 나는 적당한 핑계를 대고 이모 댁을 빠져나와 아벨을 만나러 달려갔다.

"그것 봐! 내가 뭐랬어!" 그에게 내 기쁨을 알리자마자, 그가 날 끌어안으며 소리쳤다. "이 친구야, 오늘 아침 내가 쥘리에트와 나눈 대화로 우리 사이의 일은 결정이 난 거나 다름 없어. 거의 네 얘기만 했지만 말이야. 그런데 그녀가 피곤하고 신경이 곤두선 것처럼 보여서…… 너무 멀리 나갔다가 그녀를 흔들어 놓을까봐, 너무 오래 머물렀다가 그녀를 흥분시킬까봐 두려웠어. 그런데 지금 네 얘기를 들어보니, 일은 다 된 거야! 어서 가서 지팡이와 모자를 갖고 올게. 네가 뷔콜랭 댁 문까지 같이 가면서 내가 도중에 날아가려고 하면 좀 말려줘야겠어. 지금 내 몸이 오이우포리온*보다 더 가볍게 느껴지니까…….

언니가 약혼을 거절하는 게 오로지 자기 때문이라는 것을 쥘리에트가 알게 되고, 내가 곧바로 그녀에게 청혼을 하면…….아! 이 친구야, 내 눈에는 벌써 오늘 저녁 크리스마스트리 앞에서서 행복의 눈물을 흘리며 주님을 찬양하고, 무릎을 꿇은 네약혼자의 머리 위로 축복으로 가득한 손을 뻗는 아버지가 보이는 것 같아. 미스 애시버턴은 탄식 속에서 증발하고, 플랑티에아줌마는 블라우스 속에서 녹아내릴 것이며, 환하게 불을 밝힌트리가 주님의 영광을 노래할 거고, 성경에 나오는 산들처럼박수를 쳐댈 거야."

저녁 무렵이나 되어야 크리스마스트리에 불을 밝힐 거고, 그래야 아이, 친척, 친구들이 그 주변에 모일 터였다. 아벨과헤어진 후 할 일은 없고 불안하고 초조하기만 했던 나는 기다림을 잊기 위해 생타드레스 절벽 위로 긴 산책을 나섰다가 길을 잃고 얼마나 헤맸는지 이미 축제가 시작된 뒤에야 플랑티에이모 댁에 도착했다.

현관에 들어서자마자, 알리사가 보였다. 그녀는 날 기다렸던 것처럼 보였고, 곧바로 나를 향해 다가왔다. 그녀는 목에,밝은 색 블라우스가 움푹 팬 곳에 오래된 작은 자수정 십자가를 걸고 있었다. 어머니를 기리는 뜻으로 내가 선물한 것이지

---

*괴테의 《파우스트》에 등장하는 파우스트와 헬레네의 아들. 하늘을 나르려하다 바위에 떨어져 죽는다.

만, 그녀가 그것을 매는 것을 한 번도 본 적이 없었다. 그녀는 몹시 피곤해 보였고, 얼굴에 드러난 고통스런 표정이 내 마음을 아프게 했다.

"왜 이렇게 늦었어? 너랑 얘길 하고 싶었는데." 그녀가 억눌리고 다급한 목소리로 말했다.

"절벽에서 길을 잃었어……. 그런데, 몸이 안 좋은 거야? 오! 알리사, 대체 무슨 일이야?"

그녀는 말 못할 사연이라도 있는 듯 입술을 부들부들 떨며 잠시 내 앞에 서 있었다. 너무나 큰 불안이 목을 죄어와 나는 감히 물어볼 수가 없었다. 그녀가 내 얼굴을 끌어당길 것처럼 내 목에 손을 올려놓았다. 뭔가를 말하고 싶어하는 것 같았다. 그런데 바로 그때 초대 손님들이 들어왔다. 그녀의 손이 낙담한 듯 다시 떨어졌다…….

"늦어버렸네." 그녀가 중얼거렸다. 그러고는 내 두 눈에 눈물이 그렁그렁한 것을 보고는, 마치 그 어설픈 설명으로 날 충분히 진정시킬 수 있다는 듯, 눈으로 묻는 나에게 대답했다.

"아냐……. 안심해. 그냥 머리가 아파서 그래. 아이들이 어찌나 시끄럽게 떠들어대는지……. 여기로 피신해야만 했어. 이제 아이들에게로 돌아가 봐야겠다."

그녀가 황급히 내 곁을 떠났다. 사람들이 우르르 들어와 나와 그녀를 갈라놓았다. 나는 응접실로 가서 그녀와 합류할 생각이었다. 그녀는 응접실 반대편 끝에서 아이들에게 둘러싸인

채 놀이를 이끌고 있었다. 나는 그녀와 나 사이에서 내가 붙들
릴 위험 없이 그냥 지나칠 수는 없을 다양한 사람들을 알아보
았다. 인사치레, 대화, 나는 도저히 그러고 있을 수가 없을 것
같았다. 혹시 벽을 따라 슬그머니 미끄러져 간다면……. 나는
해보기로 했다.

　정원의 커다란 유리문 앞을 지나가려고 하는데, 누가 내 팔
을 잡는 게 느껴졌다. 쥘리에트가 문틀 속에 반쯤 숨어서 커튼
으로 몸을 가린 채 거기 있었다.

　"우리, 온실로 나가." 그녀가 다급하게 말했다. "오빠한테
꼭 해야 할 말이 있어. 오빠는 따로 가. 나도 곧 따라갈 테니
까." 그러고는 문을 살짝 열어보더니 정원으로 달아났다.

　무슨 일이 벌어진 거지? 나는 아벨을 만나보고 싶었다. 그가
무슨 말을 한 걸까? 도대체 무슨 짓을 한 걸까? ……현관 쪽으
로 되돌아온 나는 쥘리에트가 기다리고 있는 온실로 갔다.

　쥘리에트의 얼굴은 불같이 달아올라 있었다. 잔뜩 찡그린
눈썹이 그녀의 눈길에 냉혹하고 고통스런 표정을 부여했다. 두
눈이 마치 열에 들뜬 것처럼 번뜩였다. 목소리마저도 거칠고
경직된 것 같았다. 일종의 격분이 그녀를 사로잡고 있었다. 나
는 불안에 시달리면서도 그녀의 아름다움에 놀랐고, 거의 당황
하다시피 했다. 우리는 둘뿐이었다.

　"알리사가 오빠한테 얘기했어?" 그녀가 다짜고짜 물었다.

　"겨우 두어 마디. 내가 아주 늦게 돌아왔거든."

"언니가 나부터 결혼하길 원하는 거, 오빠도 알아?"

"응."

그녀가 날 뚫어지게 쳐다보았다.

"내가 누구랑 결혼하길 원하는지도 알아?"

나는 대답을 않고 가만히 있었다.

"바로 오빠야!" 그녀가 외치듯이 말했다.

"뭐? 그건 미친 짓이야!"

"그래, 그렇겠지!" 그녀의 목소리에는 절망감과 승리감이 함께 담겨 있었다. 그녀가 상체를 세웠다. 아니, 그보다는 뒤로 젖혔다.

"이제 내가 뭘 해야 하는지 알겠어." 그녀가 정원 문을 열고 나가면서 희미하게 덧붙이더니 문을 쾅 닫아버렸다.

내 머리와 가슴 속에서 모든 것이 비틀거렸다. 피가 관자놀이를 마구 쳐대는 것이 느껴졌다. 당혹감 속에서도 한 가지 생각, 아벨을 만나야한다는 생각은 또렷했다. 아마도 그는 두 자매가 이상한 말을 하는 이유를 설명해줄 수 있을 터였다……. 하지만 모두가 혼란한 내 마음을 눈치챌 것 같아 감히 응접실로 돌아가지는 못했다. 나는 밖으로 나갔다. 정원의 얼음장 같은 공기가 나를 진정시켜주었다. 나는 얼마 동안 그곳에 있었다. 어둠이 내렸고, 바다 안개가 도시를 뒤덮었다. 나무들은 헐벗었고, 땅과 하늘은 더없이 황량해 보였다……. 노랫소리가 울려 퍼졌다. 아마도 크리스마스트리 주위에 모인 아이들의 합창일 것이다. 나는 현관을 통해 집 안으로 들어갔다. 응접실과 대기실 문이 열려 있었다. 나는 이제 텅 비다시피 한 응접실 한 구석, 피아노 뒤에 숨듯이 서서 쥘리에트와 얘기를 나누고 있는 이모를 보았다. 대기실에는 크리스마스트리를 중심으로 손님들이 모여 있었다. 아이들이 성가를 막 마친 참이었다. 잠시 고요가 흘렀고, 보티에 목사가 트리 앞에 서서 일종의 설교를 시작했다. 그분은 당신이 '좋은 씨앗을 뿌린다'고 불렀던 일을 할 기회가 찾아오면 결코 놓치는 법이 없었다. 빛과 열기 때문에 몸이 불편해서 다시 나가려고 했다. 그때 나는 문에 기대 서 있는 아벨을 보았다. 아마 얼마 전부터 거기 있었던 것 같았다. 그는 적의에 찬 눈으로 날 노려보고 있었는데, 눈길이 마주치자 어깨를 으쓱했다. 내가 그에게로 갔다.

"멍청한 놈!" 그가 나지막한 목소리로 중얼거렸다. 그러더니 갑자기 말했다. "아! 이봐! 우리 나가자! 좋은 말씀은 귀에 딱지가 앉게 들었으니까!" 밖으로 나오자마자 그가 또 다시 중얼거렸다. "멍청한 놈!" 내가 말은 못 하고 불안한 눈길로 쳐다보고만 있자 그가 말을 이었다. "쥘리에트가 사랑하는 건 바로 너야, 이 멍청한 놈아! 미리 그렇다고 나한테 말해줄 수 없었어?"

나는 망연자실했다. 나는 이해하기를 거부했다.

"아니, 그럴 수가 없었겠지! 넌 혼자서는 그걸 알아차릴 수조차 없었으니까!"

그가 내 팔을 잡더니 날 맹렬하게 흔들어댔다. 악문 이 사이로 새어나오는 그의 목소리가 부들부들 떨렸다.

그가 큰 걸음으로 나를 이리저리 마구 끌고 다니는 동안 잠시 침묵을 지킨 후에 나 역시 떨리는 목소리로 말했다. "아벨, 제발 이러지 마. 이렇게 화만 내지 말고 무슨 일이 있었는지 얘기를 해봐. 난 아무것도 몰라."

가로등 불빛 아래에서 그가 갑자기 나를 멈춰 세우더니 뚫어지게 쳐다보았다. 그러고는 나를 와락 끌어당기더니 내 어깨 위에 머리를 올려놓고 흐느끼며 중얼거렸다.

"미안해! 멍청한 건 나도 마찬가지야. 나도 너만큼이나 제대로 보질 못했으니까, 내 가엾은 형제야."

울음이 그를 약간 진정시키는 듯 보였다. 그가 고개를 들고는 다시 걷기 시작하며 말을 이었다.

"무슨 일이 있었느냐고? ……그 얘길 다시 한들 이제 와서 무슨 소용이 있겠어? 너한테 얘기한 대로, 난 오늘 아침 쥘리에트에게 말을 했어. 그녀는 평소보다 더 아름답고 생기 넘쳤어. 난 나 때문에 그런 거라고 생각했지. 그런데 그건 단지 우리가 네 얘기를 나눴기 때문이었어."

"그때는 눈치채지 못했던 거야?"

"아니, 확실히는 눈치 못 챘어. 하지만 이제는 아주 사소한 것들까지도 모두 맞아떨어져……."

"잘못 본 게 아니라고 확신해?"

"잘못 본다고! 아니, 이 친구야, 장님이 아니고서야 그녀가 널 사랑한다는 걸 보지 못할 순 없어."

"그래서 알리사가……."

"그래서 알리사가 자신을 희생하는 거야. 그녀는 동생의 비밀을 알아차렸고, 그래서 동생에게 자리를 양보하려고 한 거지. 이봐, 친구! 그게 그렇게 이해하기 어려운 건 아니잖아……. 난 쥘리에트에게 다시 말을 해보려고 했어. 내가 말을 꺼내자마자, 아니, 내 말이 이해가 되기 시작하자마자, 그녀는 우리가 앉아 있던 소파에서 벌떡 일어나서 '내 그럴 줄 알았어'라고 여러 차례 반복해 말했어. 전혀 그럴 줄 알지 못했던 사람의 어조로 말이야."

"아! 농담은 그만둬, 제발!"

"왜? 난 정말 웃기는 것 같아, 이 이야기……. 쥘리에트는 제 언니 방으로 득달같이 달려갔어. 그런 다음 갑자기 화가 나서 마구 퍼부어대는 목소리가 들려오더군. 난 잔뜩 긴장했지만 쥘리에트를 다시 만나보고 싶었어. 그런데 잠시 후 방에서 나온 건 알리사였어. 그녀는 모자를 쓰고 있었는데, 나를 보고는 당황한 표정을 짓더니 재빨리 인사를 하고는 지나가버렸어……. 그게 다야."

"쥘리에트는 다시 못 봤고?"

아벨이 잠시 망설였다.

"봤어. 알리사가 지나간 후에 방문을 밀어봤지. 쥘리에트가 벽난로 대리석에 팔꿈치를 올려놓고 손으로 턱을 괸 채 꼼짝 않고 있었어. 거울 속 자기 얼굴을 뚫어지게 쳐다보고 있더군. 내 기척을 들은 그녀가 돌아보지도 않고 발을 구르며 '아! 저 좀 내버려둬요!'라고 소리쳤어. 그 어조가 어찌나 매몰차던지 난 아무 말도 못하고 나와버렸어. 이게 전부야."

"그럼 이젠 어쩌지?"

"아! 너한테 털어놓고 나니 속이 다 후련하다……. 이젠 어쩌냐고? 어쩌긴 어째, 네가 쥘리에트의 마음을 돌려보려고 애써야지. 내가 알리사를 잘못 알고 있는 게 아니라면 그 전에는 절대 너에게 돌아오지 않을 테니까."

우리는 말없이 아주 오래도록 걸었다. 마침내 아벨이 입을 열었다.

"돌아가자! 이제 손님들도 다들 돌아갔을 거야. 아무래도 아버지가 날 기다리실 것 같아."

우리는 돌아갔다. 아닌 게 아니라, 응접실은 비어 있었다. 대기실에는, 불이 거의 꺼진 헐벗은 트리 옆에 이모와 그녀의 자식 중 둘, 뷔콜랭 외삼촌, 미스 애시버턴, 목사, 내 사촌누이들, 그리고 아주 우스꽝스러운 남자 하나만 남아 있었다. 이모와 오랫동안 이야기를 나누는 걸 보긴 했지만, 나는 그때서야 그 남자가 쥘리에트가 말했던 그 청혼자라는 걸 눈치챘다. 우리 중 어느 누구보다 더 크고, 더 강하고, 더 혈색이 좋으며, 거의 대머리인데다가, 다른 신분, 다른 계층, 다른 태생인 그는 우리들 틈에서 이방인처럼 느끼는 것 같았다. 그는 무성한 콧수염 아래 희끗희끗한 황제수염을 초조하게 잡아당기며 꼬고 있었다. 현관은 문들이 열려 있었고, 불도 꺼져 있었다. 우리가 소리 없이 들어왔기 때문에 우리가 있다는 걸 알아차린 사람은 아무도 없었다. 끔찍한 예감이 내 목을 졸랐다.

"멈춰!" 아벨이 내 팔을 잡으며 말했다.

우리는 그때 그 낯선 남자가 다가가서 쥘리에트가 아무 저항 없이, 눈길 한 번 주지 않은 채 그에게 내맡긴 손을 잡는 것을 봤다. 내 가슴이 어둠으로 채워졌다…….

"아벨, 지금 무슨 일이 벌어지고 있는 거니?" 마치 아직 이해를 못한 것처럼, 혹은 잘못 이해한 것이기를 기대하며 내가 중얼거렸다.

"뭐긴 뭐야! 쥘리에트 조것이 한 술 더 뜨는 거야." 아벨이 이를 악물며 말했다. "언니 밑에는 남아 있지 않겠다는 거지. 저 위에서 천사들이 박수를 치겠군!"

외삼촌이 다가가 쥘리에트를 안아주었다. 미스 애시버턴과 이모가 그녀를 둘러쌌고, 보티에 목사도 다가갔다……. 내가 앞으로 나서려는데, 알리사가 나를 보고는 부들부들 떨며 달려왔다.

"아니, 제롬, 이럴 수는 없어. 쥘리에트는 저 사람을 사랑하지 않아! 오늘 아침에도 그렇게 말했단 말이야. 네가 좀 말려 봐, 제롬! 오! 저 애가 도대체 어쩌려고……."

그녀는 내 어깨에 매달려 필사적으로 애원했다. 나는 그녀의 불안을 줄여줄 수 있다면 내 목숨이라고 내놓았을 것이다.

트리 근처에서 갑작스런 비명이 들려오고, 어수선한 움직임이 인다……. 우리가 달려간다. 쥘리에트가 의식을 잃고 이모 품에 쓰러져 있다. 모두가 달려들어 그녀를 에워싸는 바람에 나는 그녀를 잘 볼 수가 없다. 헝클어진 머리카락이 무섭도록 창백한 그녀의 얼굴을 뒤로 잡아당기는 것 같다. 온몸이 소스라치는 것으로 보아 예사로운 까무러침이 아닌 것 같았다.

"아니야! 아니야!" 겁에 질린 뷔콜랭 외삼촌을 안심시키기 위해 이모가 큰소리로 말한다. 보티에 목사는 벌써 검지로 하늘을 가리키며 외삼촌을 위로하고 있다. "아니야! 아무것도 아냐. 흥분해서 그래. 단순한 신경발작이야. 테시에르 씨, 당신은 힘이 세니까 날 좀 도와줘요. 이 아이를 내 방으로 옮깁시다. 내 침대로…… 내 침대로……." 이모가 아들 중 맏이를 불러 귀에 대고 뭐라고 말한다. 의사를 데리러 가는지 그가 곧 출발한다.

이모와 청혼자가 어깨 아래로 손을 넣어 그들의 팔위에서 반쯤 뒤로 젖혀진 쥘리에트의 몸을 떠받친다. 알리사가 동생의 발을 들어 올려 부드럽게 껴안는다. 아벨이 자꾸 뒤로 젖혀지는 그녀의 머리를 떠받친다. 그는 구부리고 앉아 흐트러진 그녀의 머리카락을 그러모으며 연신 입을 맞춘다.

이모의 방 문 앞에서 나는 멈춰 선다.

사람들이 쥘리에트를 침대 위에 눕힌다. 알리사가 테시에르 씨와 아벨에게 뭐라고 하는데, 나한테는 들리지 않는다. 그녀가 문까지 그들을 배웅하면서 플랑티에 이모와 둘이서 동생 곁을 지키고 싶으니 동생이 쉴 수 있게 해달라고 우리에게 부탁한다……

아벨이 내 팔을 잡고는 밖으로 끌고 나간다. 우리는 오래도록 어둠 속을 걷는다. 목적지도, 용기도, 생각도 없이.

V

나는 내 사랑 말고는 삶의 다른 이유를 찾지 못했다. 그래서 그 것에 매달렸다. 내 사랑에게서 오는 것 말고는 아무것도 기대 하지 않았고, 더 이상 기대하고 싶지도 않았다.

이튿날, 내가 그녀를 만나러 갈 채비를 하고 있는데, 이모가 날 붙들고는 방금 받았다며 이 편지를 내밀었다.

……쥘리에트의 극심한 흥분은 의사가 처방해준 약을 먹 고 아침녘이 되어서야 가라앉았어요. 제롬에게 제발 부탁이 니 앞으로 며칠간은 여기 오지 말라고 해주세요. 쥘리에트가 그의 발소리나 목소리를 알아들을 수도 있으니까요. 쥘리에 트에겐 절대 안정이 필요해요…….

쥘리에트의 상태로 보아 아무래도 제가 곁에 붙어 있어야 할 것 같아요. 제롬이 떠나기 전에 제가 집에서 그를 맞을 수 없게 되면, 제가 그에게 편지를 쓸 거라고 고모님이 전해주세요…….

금족령은 오로지 나에게만 내려진 것이었다. 이모도, 다른 사람은 누구든 자유롭게 뷔콜랭 댁 초인종을 누를 수 있었다. 이모는 당장 그날 아침에 그곳에 가볼 생각이었다. 내 소리가 들릴 수 있다고? 얼마나 가소로운 핑계인가……. 상관없어!

"좋아요. 전 안 가겠습니다."

알리사를 당장 만날 수 없어 마음이 많이 아프기는 했다. 하지만 난 만나는 것이 오히려 두려웠다. 그녀가 날 동생을 그 지경으로 만든 원흉으로 여길까봐 두려웠다. 화가 난 그녀를 만나는 것보다는 아예 만나지 않는 것이 견디기가 더 쉬웠다.

하지만 적어도 아벨은 만나보고 싶었다.

그를 찾아가자, 하녀가 나에게 이 쪽지를 전했다.

네가 걱정하지 않게 이 쪽지를 남겨. 르아브르에, 쥘리에트 와 너무나 가까운 곳에 머무는 것이 나로서는 견딜 수가 없었 어. 어제 저녁, 너와 헤어진 직후에 난 사우샘프튼 행 배표를 끊었어. 난 남은 방학 기간을 런던에 있는 S의 집에서 보낼 거 야. 학교에서 다시 만나도록 하자.

……모든 인간적인 도움이 한번에 나를 피해 달아났다. 나는 나에게 고통스러운 것 외에는 아무것도 남지 않은 르아브르 체류를 더 이상 연장하지 않고 개학 전에 파리로 올라왔다. 나는 주님을 향해 눈길을 돌렸다. '모든 실질적 위안, 모든 은총, 모든 완벽한 은혜가 흘러나오는' 그분께로. 나는 내 고통을 그분께 바쳤다. 나는 알리사 역시 그분께 피신했을 거라고 생각했다. 그녀가 기도를 하고 있을 거라는 생각이 내 기도를 고무하고 고양시켰다.

알리사의 편지와 내가 그녀에게 쓴 편지 외에는 아무 사건도 없는, 명상과 공부로 점철된 기나 긴 시간이 지나갔다. 나는 그녀의 편지를 모두 간직했다. 이제 희미해진 내 기억은 그것에 기댄다…….

나는 플랑티에 이모를 통해, 처음에는 오로지 그녀만을 통해 르아브르 소식을 접했다. 나는 그녀를 통해 쥘리에트의 비통한 상태가 첫 며칠 동안 주변 사람들에게 얼마나 큰 걱정을 끼쳤는지 알았다. 파리로 올라온 지 열이틀 만에 드디어 나는 알리사의 편지를 받았다.

내 소중한 제롬, 좀 더 일찍 편지를 보내지 못한 걸 용서해 줘. 우리 가엾은 쥘리에트의 상태가 나빠 편지를 쓸 틈조차 거의 없었어. 네가 떠난 이후로 난 그 아이 곁을 거의 떠나지 않았어. 그래서 너에게 우리 소식을 전해달라고 고모한테 부탁했던 거야. 고모가 그렇게 했을 거라고 생각해. 그러니 쥘리에트가 삼일 전부터 나아지고 있다는 걸 너도 알겠구나. 벌써 주님께 감사드리지만, 아직은 감히 기뻐할 수가 없어.

내가 지금까지 여러분에게 거의 이야기한 바가 없는 로베르도 나보다 며칠 늦게 파리로 올라왔기 때문에 나에게 누나들 소식을 전해줄 수 있었다. 그녀들 때문에 나는 내 성격의 성향이 자연스럽게 이끄는 것 이상으로 그에게 신경을 썼다. 그가 입학한 농업학교가 그를 자유롭게 내버려둘 때마다, 나는 그를 떠맡았고, 그를 즐겁게 해주려고 애를 썼다.

내가 알리사나 이모에게 감히 물어보지 못했던 걸 알아낸 건 그를 통해서였다. 에두아르 테시에르는 부지런히 찾아와 쥘리에트의 안부를 물었다. 하지만 로베르가 르아브르를 떠날 때만 해도 그녀가 아직은 그를 맞아들이지 않았다고 했다. 나는 쥘리에트가 내가 떠난 이후로 언니 앞에서 무엇으로도 깰 수 없는 고집스런 침묵을 지켰다는 것도 알아냈다.

그리고 얼마 후 이모를 통해, 쥘리에트의 약혼, 내가 예감했던 대로 알리사가 곧바로 깨지기를 바랐던 그 약혼을 쥘리에트가 자기 입으로 가능한 한 빨리 공표해달라고 요구했다는 것을 알았다. 충고로도, 명령으로도, 애원으로도 꺾을 수 없었던 그 단호한 결심은 그녀의 이마에 주름을 팠고, 그녀의 눈을 가렸으며, 그녀를 침묵 속에 가두었다……

세월이 흘러갔다. 나는 알리사에게서 아주 실망스러운 편지밖에 받지 못했다. 나 역시 그녀에게 뭐라고 써야 할지 알 수 없었다. 짙은 겨울 안개가 나를 휘감았다. 밤을 새워 하는 공부도, 내 사랑과 믿음의 온 열정도 내 마음으로부터 어둠과 한기를 몰아내지 못했다. 세월이 흘러갔다.

어느 봄날 아침, 당시 르아브르에 안 계셨던 이모가 당신에게 온 알리사의 편지를 나에게 전해줬는데, 그 내용 중 이 이야기를 이해하는 데 도움을 줄 수 있는 부분을 여기 옮겨본다.

……제 순종을 칭찬해주세요. 고모가 하라신 대로, 테시에르 씨를 만나봤어요. 둘이 오랫동안 얘기를 나눴는데, 그가 나무랄 데 없는 태도를 보인 건 저도 인정해요. 솔직히 말하자면, 이 결혼이 제가 처음에 걱정했던 것만큼 불행하지 않을 수도 있다고 거의 믿게 됐어요. 쥘리에트가 그를 사랑하지 않는 건 확실해요. 하지만 한 주 한 주 지내다보니 저 사람 정도면 사랑받을 자격이 없는 건 아니지 않나 하는 생각이 들어요. 그는 통찰력을 가지고 상황에 대해 얘기하고, 쥘리에트의 성격에 대해서도 잘못 생각하고 있지 않아요. 하지만 그는 자신이 쏟을 사랑의 효율성에 큰 신뢰감을 갖고 있고, 자신의 변함없는 사랑으로 극복하지 못할 것은 없다고 자신하고 있어요. 완전히 반했다는 뜻이지요.

사실, 전 제롬이 로베르를 그토록 자상하게 보살펴주는 걸 알고 크게 감동했어요. 전 그가 오로지 의무감으로 그런다고 생각해요. 로베르의 성격이 그의 성격과는 잘 안 맞거든요. 어쩌면 절 기쁘게 해주려고 그런지도 모르죠. 하지만 우리가 받아들이는 의무가 힘들면 힘들수록 그것이 영혼을 교육하고 더 높은 곳으로 이끈다는 것을 아마 그도 이미 알았을 거예요. 참 숭고한 생각이지요! 그렇다고 큰 조카딸을 너무 비웃진 마세요. 왜냐하면 절 지탱해주고, 쥘리에트의 결혼을 좋은 일로 여기도록 도와주는 게 이런 생각들이거든요.

고모의 애정 어린 배려가 저한테 얼마나 큰 힘이 되는지요! 하지만 제가 불행하다고는 생각하지 마세요. 오히려 그 반대라고 말할 수 있어요. 왜냐하면 쥘리에트를 뒤흔들어놓은 시련이 제 안에서 큰 반향을 일으켰거든요. 제가 잘 이해하지 못한 채 되뇌었던 성경의 말씀, '인간을 믿는 자는 불행하도다'라는 말씀의 뜻이 갑자기 명확해졌어요. 전 성경에서 찾아내기 훨씬 전에 제롬이 나에게 보내준 작은 크리스마스카드에서 그 말씀을 읽었어요. 제롬은 열두 살이 채 안 됐고, 전 막 열네 살이 되었던 때였죠. 그 카드에는 당시 우리 눈에는 너무나 예뻐 보였던 꽃다발 옆에 코르네유의 성경 주석에 따온 그 시구가 있었어요.

이 세상 그 어떤 정복의 매력이

오늘 나를 주님에게로 이끄는가?
인간의 무리를 믿고 의지하는 자는
불행하도다.

고백하자면, 전 이것보다는 〈예레미야〉의 간결한 시구*가
훨씬 좋아요. 아마 그때 제롬은 시구에는 큰 관심 없이 이 카
드를 골랐을 거예요. 하지만 그의 편지를 보고 판단하건대, 요
즘 그의 성향은 제 성향과 많이 비슷해요. 그래서 전 매일 우
리 둘 모두를 동시에 그분께 다가가게 해주신 주님께 감사드
리고 있어요.

고모와 나눈 대화를 떠올리며, 전 제롬의 공부에 방해가 되
지 않게 더 이상 그에게 전처럼 긴 편지를 쓰지 않고 있어요.
고모도 아마 제가 이 편지에 제롬 얘기를 더 많이 함으로써 보
상을 받으려 한다는 걸 아실 것 같군요. 계속할까봐서 여기서
얼른 마칠게요. 이번에는 너무 꾸짖지 마세요.

이 편지로 인해 얼마나 많은 생각을 했던가! 나는 이모의 경
솔한 개입을(알리사가 넌지시 암시한 대화, 그녀를 침묵하게
만든 대화는 어떤 것이었을까?), 이 편지를 나에게 전한 이모
의 서툰 배려를 저주했다. 알리사의 침묵을 견디기 힘들어하는

---

*나에게서 마음이 멀어져 사람을 믿는 자들, 사람이 힘이 되어주려니 하고 믿는 자
들은 천벌을 받으리라.(〈예레미야〉 17장 1절)

나이건만, 아! 그녀가 내게는 말하지 않는 것을 다른 사람에게는 쓴다는 사실을 모르게 내버려두는 편이 천번 만번 낫지 않았을까! 이 편지에 있는 모든 것이 날 화나게 했다. 우리 사이의 자질구레한 비밀을 이모에게 너무나 쉽게 털어놓는 것이며, 그 자연스런 말투, 그 차분함, 그 진지함, 그 쾌활함……

"아니야, 이 불쌍한 친구야! 이 편지가 네게 보내지지 않았다는 것만 빼면, 이 편지에서 널 화나게 만들 만한 건 아무것도 없어." 내 일상의 동료인 아벨이 나에게 말했다. 아벨은 내가 말을 할 수 있는 유일한 사람으로, 성격 차이에도 불구하고, 혹은 오히려 그로 인해서, 외로울 때는 나 자신의 나약함, 공감을 얻기 위해 징징대고 싶은 욕구, 자기 불신 때문에, 또 곤혹스러울 때는 내가 그의 충고에 부여한 신뢰 때문에 나는 끊임없이 그에게로 달려갔다…….

"이 편지를 검토해보자." 그가 책상 위에 편지를 펼치며 말했다.

분한 마음에 벌써 사흘 밤을 꼬박 샜고, 이제 나흘째 그것을 수중에 간직하고 있었다! 그래서 나는 거의 자연스럽게 친구가 나에게 말해준 결론에 도달했다.

"쥘리에트와 테시에르 쌍은 사랑의 불길에 던져두자, 좋지? 우리도 그 불이 얼마나 뜨거운지 아니까. 아무렴! 내 눈에는 테시에르가 그 불길에 타죽을지 모르고 날아드는 나방처럼 보여……."

"그 얘긴 접어두고, 나머지로 넘어가자." 내가 그의 농담에 발끈해서 말했다.

"나머지? ……나머지는 모두 널 위한 거야. 그러니 어디 계속 징징대보시지! 네 생각으로 채워지지 않은 건 단 한 줄, 단 한 마디도 없어. 편지 전체가 너에게 보내진 거다 이 말이야. 펠리시 아줌마는 이걸 다시 너에게 보냄으로써 편지를 진짜 수취인에게 되돌려준 것뿐이야. 알리사는 너에게 보낼 순 없으니까 대역에게 보내듯 그 선량한 아줌마에게 편지를 보낸 거고. 코르네유의 시구, 말이 나왔으니 말인데, 그 시구, 라신이 쓴 거야, 아무튼 그 시구가 네 이모한테 무슨 소용이 있겠니? 알리사는 너랑 얘기를 나누고 있는 거라니까. 그녀는 이 모든 걸 너한테 말하고 있는 거야. 만약 그녀가 보름 내로 이렇게 길고, 편하고, 기분 좋은 편지를 네게 보내지 않으면, 넌 멍청이에 지나지 않아……."

"알리사가 그러려 하질 않잖아."

"그렇게 하게 만드는 건 오로지 너한테 달려 있어! 내 충고를 원해? 지금부터 한동안 단 한 마디도 하지 마…… 너희 둘의 사랑에 대해서도, 결혼에 대해서도. 동생 사건 이후로 그녀가 꺼려하는 게 바로 그거라는 걸 모르겠어? 남동생 쪽으로 작업을 해봐. 끊임없이 로베르 얘기를 하란 말이야. 안 그래도 네가 그 바보 같은 녀석을 끈기 있게 돌보고 있으니까. 계속 그녀의 머리를 즐겁게 해줘. 그러면 나머지는 저절로 따라올 테니까. 아! 차라리 편지를 쓰는 게 나라면!"

"넌 그녀를 사랑할 자격이 없을 거야."

그럼에도 나는 아벨의 충고를 따랐다. 아닌 게 아니라 곧 알리사의 편지가 다시 활기를 띠기 시작했다. 하지만 쥘리에트의 행복까지는 아니더라도, 적어도 그녀의 상황이 확실해지기 전에는, 난 그녀로부터 진정한 기쁨도, 망설임 없는 내맡김도 기대할 수 없었다.

그사이, 알리사가 전한 소식에 따르면 쥘리에트가 점점 나아지고 있는 것 같았다. 그녀의 결혼식은 7월에 거행될 예정이었다. 알리사는 그때쯤에는 아벨과 내가 학업에 여념이 없을 거라고 생각한다고 나에게 썼다……. 우리가 결혼식에 모습을 드러내지 않는 게 바람직하다고 그녀가 판단했다는 걸 나는 이해했다. 그래서 우리는 시험이 있다는 핑계를 대고 축하의 말을 보내는 것으로 만족했다.

결혼식이 있고 약 보름 후, 알리사는 나에게 이렇게 썼다.

내 소중한 제롬,

어제, 네가 선물했던 라신의 예쁜 책을 이리저리 뒤적이다가 내가 10년 가까이 성경 책에 끼워 간직하는 너의 작고 오래된 크리스마스카드에 적힌 넉 줄 시구를 발견했어. 내가 얼마나 놀랐을지 알겠지.

이 세상 그 어떤 정복의 매력이
오늘 나를 주님께로 이끄는가?
인간의 무리를 믿고 의지하는 자는
불행하도다.

난 이게 코르네유의 주석에서 발췌한 거라고 믿고 있었어. 고백하는데, 난 이게 그렇게 훌륭하다고 생각하지 않았어. 그런데 〈제4영가〉*를 계속 읽어나가다가 너무나 아름다워서 너에게 꼭 베껴 보내고 싶은 절(節)들을 발견했어. 네가 경솔하게도 책 여백에 남겨놓은 이니셜들로 미루어 판단하건대(실제로 나는 내 책이든 알리사의 책이든 내가 읽고 좋아서 그녀에게도 알려주고 싶은 구절이 나오면 그 맞은편에 그녀 이름의 첫 글자를 적어두는 습관이 있었다), 아마 너도 그것들을 이미 알고 있을 거야. 그래도 상관없어! 내가 그것들을 옮겨 적는 건 내 즐거움을 위해서니까. 그 절들을 내가 발견했다고 생각했는데, 알고 보니 네가 나한테 알려준 거라 처음에는 약간 화가 났었어. 하지만 너도 나처럼 그 절들을 좋아했다고 생각하니 얼마나 기쁜지 그 저열한 감정은 자취도 없이 사라졌지. 그 절들을 옮겨 적고 있자니, 내가 너와 함께 그것들을 다시 읽는 것 같아.

*십자가의 성 요한의 시.

영원한 지혜의 목소리가
울리며 우리에게 가르친다.
'인간의 자식들아,
너희 노고의 열매가 어떤 것이냐?
헛된 영혼들아, 어떤 잘못으로 인해
너희 혈관의 가장 순수한 피로
그리도 사들이느냐,
너희를 먹이는 빵이 아니라,
너희를 전보다 더한 굶주림에
허덕이게 하는 그림자를?

내가 너희에게 권하는 빵은
천사들의 양식으로 쓰이나니
주님께서 그분의 밀가루로
손수 빚으신다.
너희가 따르는 세상은
그토록 맛있는 빵을 결코
식탁에 올리지 못한다.
나를 따르고자 하는 자에게
내 그것을 주노니
다가오라. 너희 살기를 바라느냐?
들라, 먹으라, 그리고 살아라.

〔……〕

　　행복하게 사로잡힌 영혼은
　　당신의 굴레 아래 평온을 찾고
　　영원히 마르지 않는
　　생명수로 목을 축인다.
　　이 물은 누구나 마실 수 있나니,
　　이 물은 모두를 부른다.
　　그러나 우리는 미친 듯 달려가
　　진창으로 더러운 샘이나
　　물이 끊임없이 새는
　　기만의 물통을 찾는구나.

　너무나 아름다워! 제롬, 너무나 아름다워! 너도 정말 이걸
나만큼 아름답다고 생각하니? 내 판본에 달린 짧은 주석에 따
르면, 도말 양이 이 성가를 부르는 것을 들은 드 맹트농 부인*
이 감탄을 금치 못하며 나타나서는 '눈물을 흘리면서' 곡의 한
부분을 되풀이해서 부르게 했대. 나도 이제 그걸 줄줄 외워.
아무리 암송해도 싫증이 나질 않아. 내 유일한 슬픔은 이걸 읽
어 내려가는 네 목소리를 들어보지 못한 거야.

*신심이 깊었던 루이 14세의 정부 프랑수아즈 도비네.

우리 여행자들로부터는 계속 희소식이 들어오고 있어. 쥘리에트가 지독한 더위에도 불구하고 바욘과 비아리츠 여행을 얼마나 즐거워했는지는 너도 이미 알 거야. 그 후로 그들은 퐁타라비도 구경하고, 부르고스에 묵기도 하고, 피레네 산맥을 두 번이나 넘었대……. 쥘리에트가 이번에는 몽세라에서 열광적인 편지를 보내왔어. 바르셀로나에서 열흘 정도 더 머문 다음에 님으로 돌아갈 생각이래. 에두아르가 포도 수확 준비 때문에 할 일이 많아서 9월이 되기 전에 님으로 돌아가길 원한대.

아버지와 난 일주일 전부터 퐁괴즈마르에서 지내고 있어. 미스 애시버턴이 내일 우리와 합류할 예정이고, 로베르는 나흘 후에 내려올 거야. 그 가엾은 아이가 시험에 실패한 건 너도 알 거야. 시험이 어려웠던 게 아니라, 시험관이 너무 엉뚱한 질문을 해서 당황했대. 그 아이의 열의에 대해 네가 썼던 편지도 있고 해서, 난 로베르가 준비가 안 되어 있었다고는 믿을 수 없어. 시험관이 그런 식으로 학생들 골탕 먹이는 걸 즐기는 모양이지.

네가 시험에 합격한 것에 대해서는 축하한다는 말을 할 필요도 없을 것 같아. 왜냐하면 너무나 당연해 보이니까. 난 그 정도로 널 신뢰하고 있어, 제롬! 네 생각만 하면 내 가슴은 희망으로 부풀어. 전에 얘기했던 공부는 지금 바로 시작할 수 있을 것 같아?

……여기 정원에는 변한 게 전혀 없어. 하지만 집은 텅 빈 것 같아! 왜 내가 올해는 내려오지 말라고 했는지 너도 이해했을 거야, 그렇지? 난 그 편이 나은 것 같아. 매일 나 자신에게 그렇게 말해. 그 편이 낫다고. 너를 보지도 못하고 이렇게 오랫동안 떨어져 지내는 건 무척 힘들거든……. 가끔 난 나도 모르게 너를 찾아. 책을 읽다 문득 고개를 들면…… 네가 거기 있는 것만 같아!

다시 편지를 쓰고 있어. 지금은 밤이야. 온 세상이 잠들었어. 난 열어놓은 창문 앞에서 여태 너에게 편지를 쓰고 있고, 정원이 온통 향기로 가득하고, 공기가 따뜻해. 기억나니? 우리가 어렸을 때 뭔가 아주 아름다운 것을 보거나 들으면 '내 주님, 저렇게 아름다운 것을 창조해주셔서 감사합니다'라고 속으로 생각했던 거……. 오늘 밤, 난 내 영혼을 다해 생각했어. '내 주님, 이토록 아름다운 밤을 창조해주셔서 감사합니다!' 그리고 갑자기 난 네가 여기 있기를 소원했고, 여기, 내 가까이에서 널 느꼈어. 그 소원이 너무나 간절해서 아마 너도 느꼈을 거야.

그래, 너도 편지에서 곧잘 그렇게 적곤 했지. '훌륭하게 태어난 영혼들' 속에선 감탄과 감사가 뒤섞인다고……. 너에게 쓰고 싶은 게 아직도 얼마나 많은지 몰라! 난 쥘리에트가 들려준 그 눈부신 고장을 꿈꿔. 더 넓고, 더 찬란하고, 더 황량한 다른 고장들을 꿈꿔. 내 안에는 언젠가 우리가 함께, 어떻게? 그건 나도 몰라 크고 신비스러운 나라를 보게 될 거라는 이상한 확인이 있어. 어떤 나라? 그것도 모르겠어…….

아마 여러분은 내가 이 편지를 읽으면서 얼마나 기뻐 날뛰고, 얼마나 많은 사랑의 눈물을 흘렸는지 쉽게 상상할 수 있을 것이다. 다른 편지들도 잇달았다. 물론 알리사는 내가 퐁괴즈마르에 내려가지 않은 것을 고마워했고, 그해에는 그녀를 만나려고 하지 말라고 간청했었다. 하지만 이제 그녀는 내가 곁에 없음을 아쉬워했고, 나를 원했다. 페이지마다 나를 부르는 똑같은 외침이 울려 퍼졌다. 그것에 저항할 힘을 내가 어디서 찾았을까? 아마도 아벨의 충고에서, 갑자기 내 기쁨을 망치지 않을까 하는 두려움에서, 그리고 내 마음의 이끌림에 반하는 자연스런 경직에서.

나는 잇달아 날아든 편지들 중에서 여러분이 이 이야기를 이해하는 데 될 만한 것들을 여기 옮겨 적는다.

내 소중한 제롬,

네 편지를 읽고 있자니, 기쁨으로 녹아내리는 것 같아. 네가 오르비에토에서 보낸 편지에 답장을 쓰려고 하는데, 파루자와 아시시에서 보낸 네 편지가 한꺼번에 도착했어. 내 생각은 여행을 하고 있어. 내 몸만 여기 있는 시늉을 하고 있고. 사실, 난 너와 함께 움브리아의 하얀 길들 위에 있어. 난 너와 함께 아침에 출발하고, 완전히 새로운 눈으로 여명을 바라봐…… 코르토나의 테라스에서 정말 날 불렀니? 난 네가 날 부르는 소리를 들었어……. 아시시 너머의 산에서는 어찌나 목이 말랐던지! 하지만 프란체스코회 수도사가 내민 물 한 잔은 얼마나 시원해 보였던지! 오 제롬! 난 널 통해 모든 것을 봐. 네가 성 프란체스코에 대해 써 보낸 것은 얼마나 좋았던지! 맞아, 찾아야 할 것은 정신적 고양이지 결코 생각의 해방이 아냐. 생각의 해방은 가증스런 오만 없이는 이뤄지지 않거든. 반항이 아니라 봉사를 하는 데에 자신의 야망을 품어야 해…….

……님에서 전해오는 소식이 너무 좋아서 주님께서 나에게 기쁨에 몸을 내맡겨도 좋다고 허락하시는 것만 같아. 올 여름의 유일한 걱정거리는 가엾은 아버지의 상태야. 내 딴에는 정성껏 보살펴드리는데도 늘 슬프셔. 아니 그보다 혼자 계시게 두자마자 늘 슬픔을 되찾으시고 점점 거기서 쉽게 못 벗어나시는 것 같아. 우리를 둘러싼 자연의 모든 기쁨이 그분에게 점점 더 낯선 언어로 말을 해. 더 이상 그것을 들으려고 노력도 안 하셔. 미스 애시버턴은 잘 지내셔. 내가 두 분께 네 편지들을 읽어드렸어. 네 편지 한 통 한 통은 우리에게 삼일 동안 애기를 나눌 거리를 줘. 그리고 나면 새 편지가 또 도착하

고…….

……로베르는 그제 여길 떠났어. 그 아이는 남은 방학을 친구 R의 집에서 보낼 거야. 그 친구 아버지가 모범농장을 경영한대. 분명 여기 우리 생활이 그 아이한테는 그리 즐겁진 않겠지. 로베르가 떠나겠다고 말했을 때, 난 그 아이 계획을 격려해줄 수밖에 없었어…….

……너에게 해주고 싶은 말이 너무 많아. 이렇게 해도 해도 끝이 없는 잡담에 목말랐나봐! 오늘밤에는 꿈꾸듯 쓰고 있는데, 가끔 우리가 주고받을 무한한 부에 대한 거의 강박적인 느낌만 있을 뿐, 더 이상 낱말도, 명확한 생각도 떠오르지 않을 때도 있어.

어떻게 우리가 그 여러 달 동안 서로 입을 꾹 다물 수 있었을까? 아마도 겨울잠을 자고 있었나봐. 오! 그 끔찍한 침묵의 겨울이 영원히 끝났기를! 널 되찾은 이후로, 삶, 생각, 우리의 영혼, 이 모든 것이 나에겐 아름답고, 사랑스럽고, 영원히 고갈되지 않을 만큼 풍요로워 보여…….

9월 12일

피사에서 보낸 편지 잘 받았어. 여기도 날씨가 눈부시게 좋아. 노르망디가 이토록 아름다워 보인 적은 여태 없었어. 그제는 혼자 발길 닿는 대로 들판을 돌아다니며 아주 긴 산책을 했어. 태양과 기쁨에 흠뻑 취해서, 지치기보다는 잔뜩 흥분한 상태로 집에 돌아왔지. 작열하는 태양 아래, 짚단 더미들이 어찌나 아름답던지! 굳이 내가 이탈리아에 있다고 상상하지 않아도 모든 게 너무나 경탄스러웠어.

그래, 제롬, 자연의 '혼란스런 찬가'에서 내가 듣고 이해하는 건 네가 말한 대로 기쁨에의 권유야. 난 새가 지저귈 때마다 그것을 들어. 꽃향기를 맡을 때마다 그것을 들이마셔. 가슴에 표현할 수 없는 사랑을 가득 담고, 성 프란체스코와 함께 '오로지 나의 주님', 나의 주님 하고 되뇌면서 기도의 유일한 형태가 찬미밖에 없다는 것을 이해하게 돼.

하지만 내가 무지한 자매*가 될까봐 걱정하진 마! 난 요사이 독서를 많이 했어. 며칠간 비가 내려서 내 예찬을 책 속으로 퇴거시켰다고나 할까……. 말브랑슈를 다 읽은 다음에 곧바로 라이프니츠의 《클라크와의 왕복서간》을 집어 들었어. 그러고는 좀 쉴 겸 셸리의 〈첸치〉를 읽었는데, 그다지 재미있지는 않았어. 그리고 〈미모사〉도 읽었어…….** 네가 발끈할지도 모르지만, 난 우리가 지난여름에 읽었던 키츠의 오드 네 편

---

*Ignorantin은 '무지한 자'라는 뜻으로, 생 장 드 디외(하느님의 성 요한) 교단의 수사들이 자신들에게 붙인 겸칭이다. 따라서 무지한 자매(Ignorantine)은 수녀를 뜻하기도 한다.
**말브랑슈는 만물을 신 안에서 본다고 주장했던 17세기 철학자. 《클라크의 왕복서간》은 라이프니츠와 클라크가 뉴턴의 이론에 대해 평생을 두고 논쟁한 편지를 모은 것이다. 셸리의 대작 시극 〈첸치 일가〉는 근친상간과 복수를 다룬 작품이며, 〈미모사〉는 인간세계의 무상함을 노래한 시이다.

을 위해서라면 셸리의 거의 전 작품과 바이런의 전 작품을 내놓겠어. 마찬가지로 보들레르의 소네트 몇 편을 위해서라면 위고의 전 작품을 내놓을 거야. 위대한 시인이라는 말은 아무의미도 없어. 중요한 건 순수한 시인이 되는 거야……. 오 제롬! 이 모든 것을 알고, 이해하고, 사랑하게 해줘서 고마워.

……아니, 며칠간 재회하는 즐거움을 누리기 위해 네 여행을 단축하진 마. 진지하게 말하는데, 아직은 우리가 만나지 않는 편이 나아. 날 믿어. 네가 내 곁에 있으면, 난 더 이상 네 생각을 할 수 없을 거야. 널 슬프게 하고 싶진 않지만, 난 이제 네가 내 곁에 있는 걸 더 이상 바라지 않게 됐어. 이걸 너에게 털어놓아야 할까? 네가 오늘 저녁에 온다는 걸 알게 된다면…… 난 달아나버릴 거야.

오! 나한테 이…… 감정을 설명해보라고 하진 마, 제발. 난 내가 끊임없이 널 생각한다는 것(네 행복을 위해선 이것으로 충분할 거야)과 내가 이대로 행복하다는 것만 알아.

이 마지막 편지를 받고 얼마 지나지 않아, 이탈리아 여행에서 돌아오자마자, 나는 군에 징집되어 낭시로 보내졌다. 낭시에는 아는 사람이 아무도 없었지만, 나는 오히려 혼자 있게 된 것이 기뻤다. 왜냐하면 혼자 있음으로써, 그녀의 편지가 나의 유일한 피난처이고, 그녀의 추억이 롱사르가 말했던 것처럼 '나의 유일한 엔레케이아*'라는 사실이 연인으로서의 내 자존

심과 알리사에게 더욱 명료하게 보였을 테니까.

사실, 나는 군이 우리에게 강요한 꽤 혹독한 규율을 아주 즐겁게 견뎌냈다. 나는 모든 것을 꿋꿋이 참아냈고, 알리사에게 쓴 편지에서도 그녀가 곁에 없다는 것 말고는 전혀 불평을 늘어놓지 않았다. 심지어 우리는 이 긴 이별에서 우리의 용기에 어울리는 시련을 찾아내기까지 했다. '결코 징징거리지 않는 너, 나약해진 모습을 상상할 수 없는 너…….' 알리사는 나에게 이렇게 썼다. 그녀의 말을 증명하기 위해서라면 내가 무엇이든 못 견뎌냈을까?

우리가 마지막으로 본 이후로 거의 한 해가 흘러갔다. 그녀는 그건 생각도 안 하는 것 같았고, 이제야 겨우 기다리는 기색을 보이기 시작했다. 내가 그녀에게 그렇다고 서운해하자 그녀는 이런 답장을 보내왔다.

이탈리아에서도 난 너와 함께 있었잖아. 배은망덕한 사람! 난 단 하루도 네 곁을 떠난 적이 없어. 그러니 내가 이제 한동안 널 따르지 못한다 해도 이해해줘. 내가 이별이라고 부르는 건 이것, 오로지 이것뿐이야. 사실, 나도 군복을 입은 너를 상상해보려고 애쓰고 있어……. 그런데 상상이 안 돼. 저녁마다 강베타 가의 작은 방에서 글을 쓰거나 책을 읽는 너의 모습을

*생명력, 생명 현상의 본질.

떠올리는 게 고작이야……. 심지어, 그것도 아냐. 사실, 난 일 년 후 퐁피즈마르나 르아브르에 와 있는 널 떠올릴 뿐이야.

일 년이라! 난 벌써 지나간 날들은 세지 않아. 내 희망은 천천히, 천천히 다가오는 미래의 한 점에 고정되어 있어. 정원 안쪽 깊숙한 곳에 있던 낮은 담장, 기억나지? 그 발치에 국화가 심어져 있었고, 우리가 그 위를 위험하게 걸어 다녔잖아. 쥘리에트와 넌 천국으로 곧장 가는 무슬림들처럼 대담하게 그 위를 걸었지. 난 첫발을 내딛자마자 어지러워서 꼼짝도 못했고. 그러면 네가 담장 아래에서 소리쳤지. '네 발을 쳐다보지 마! ……앞을 보란 말이야! 계속 나아가! 목표에만 집중해! 그러다 결국 — 난 그게 소리치는 것보다 나았어 — 넌 담장 반대편 끝으로 올라가서 날 기다렸어. 그러면 난 더 이상 떨리지 않았어. 더는 어지럽지도 않았지. 난 오로지 너만 쳐다봤어. 난 활짝 벌린 너의 품까지 달려갔어…….

너에 대한 믿음이 없다면, 제롬, 난 어떻게 될까? 네가 강하다고 느끼는 게 나한테는 필요해. 너한테 기대는 게 필요해. 그러니 약해지지 마.

기다림을 까닭 없이 연장하면서 일종의 도전으로, 또한 불완전한 재회에 대한 두려움 때문에, 내가 며칠간의 신년 휴가를 파리에 있는 미스 애시버턴 곁에서 보내는 것으로 우리는 의견일치를 봤다…….

여러분에게 이미 말했다시피, 모든 편지를 여기에 옮겨 적고 있지는 않다. 내가 2월 중순에 받은 편지는 다음과 같다.

그제 파리 가를 지나다가, 네가 나한테 미리 말해주긴 했지만 나로서는 도무지 믿을 수 없었던 아벨의 책이 M서점의 진열장에 버젓이 전시되어 있는 걸 보고 얼마나 감격했는지 몰라. 난 참을 수가 없었어. 그래서 서점으로 들어갔지. 하지만 책 제목이 너무나 우스꽝스러워 보여서 점원에게 그걸 말해야 할까 망설여지는 거야. 심지어 아무 책이나 사들고 서점에서 나갈까도 잠시 생각해봤어. 다행스럽게도 계산대 옆에 그 《지나친 친근함》 몇 권이 쌓인 채 손님을 기다리고 있어서 제목을 말할 필요 없이 얼른 한 권 집어 들고는 1백 수를 던져주고 나와버렸어.

난 아벨이 나한테 그 책을 보내지 않은 걸 고맙게 생각해. 수치심을 느끼지 않고는 책장을 넘길 수 없었으니까. 외설스러움보다는 어리석음이 더 많이 눈에 띤 책 자체 때문이 아니라, 네 친구 아벨, 아벨 보티에가 그런 책을 썼다는 게 더 창피했어. 〈르 탕〉지의 비평가가 그 책에서 발견했다는 '위대한 재능'을 한 장 한 장 넘겨가며 찾아봤지만 허사였지. 아벨이 화젯거리가 되곤 하는 작은 마을 우리 르아브르에선 다들 그 책이 큰 성공을 거두고 있다는 이야기를 해. 그 사람의 치유할 수 없는 경박함을 '경쾌함'이나 '우아함'이라고 부르기도 하는

데, 당연히 난 입을 다물고 말아. 내가 읽은 책에 대해서는 너한테만 얘기하는 거야. 처음에는 당연히 슬퍼하는 것 같던 가엾은 보티에 목사님도 결국에는 오히려 자랑스러워해야 하는 일이 아닌가 하고 반신반의해서. 주변 사람들이 그렇게 믿게 만들기도 하고. 어제는 플랑티에 고모 댁에서 V부인이 목사님에게 불쑥 이렇게 말했어. '아드님이 멋진 성공을 거둬서 목사님은 정말 좋으시겠어요.' 목사님은 약간 당황하면서 '뭘요, 아직 그 정도는 아닌 걸요'라고 대답했고. 그러자 고모가 전혀 악의 없이, 너무나 고무적인 말투로 '그렇게 되실 거예요! 곧 그렇게 되실 거예요!'라고 말하는 바람에 모두가 웃기 시작했어. 목사님마저도.

이 지경이니, 아벨이 그랑 불바르의 한 극장에 올릴 준비를 하고 있다며 신문에서 벌써 떠들어대는 〈신(新)아벨라르〉가 공연을 시작하면 과연 어떤 꼴이 벌어질지! ······가엾은 아벨! 그가 원하는 게 정말 그런 성공일까? 그는 그것으로 족한 걸까?

어제는 《내면의 위안》에서 이런 구절을 읽었어. "진실 되고 영원한 영광을 진정으로 원하는 자는 일시적인 영광은 염두에 두지 않는다. 그것을 마음속에서 멸시하지 않는 자, 천상의 영광을 사랑하지 않는다는 것을 스스로 드러낸다." 그래서 나는 생각했어. 그에 비하면 다른 것은 아무것도 아닌 천상의 영광을 위해 제롬을 택하신 주님께 감사드립니다.

단조로운 일과 속에서 한 주 한 주, 한 달 한 달이 흘러갔다. 하지만 추억이나 희망 외에는 그 무엇에도 생각을 둘 수 없었던 나는 세월이 느리고 시간이 길다는 것을 거의 알아차리지 못했다.

외삼촌과 알리사는 6월에 님 근교로 출산을 기다리는 쥘리에트를 보러 가기로 되어 있었다. 그런데 좋지 않은 소식이 전해져 그들은 출발을 서둘러야 했다.

네가 르아브르로 보낸 마지막 편지가 우리가 막 출발하고 나서 도착했어. 그 편지가 일주일 후에야 이곳에 도착했으니 어찌된 일일까? 일주일 내내 온전치 못한 내 마음은 얼어붙고, 의심에 가득찬 채 오그라들었어. 오 제롬! 난 너와 함께할 때만 진정 나이고, 나 이상이야…….

쥘리에트는 다시 좋아졌어. 이제나저제나 해산을 기다리고 있는데, 크게 불안하지는 않아. 오늘 아침 내가 너에게 편지를 쓰고 있다는 걸 그 애도 알아. 우리가 에그비브에 도착한 다음 날, 쥘리에트가 '제롬은 어떻게 지내…… 아직도 언니한테 편지 써?' 하고 물었어. 거짓말을 할 수가 없어서 사실대로 말해줬더니, '다음에 오빠한테 편지 쓸 때 말이야……' 그러고는 잠시 망설이더니 아주 부드럽게 웃으며 '말해줘…… 내가 다 나았다고'라고 말했어. 난 늘 쾌활한 그 애 편지를 읽으면서 그 아이가 행복한 것처럼 연극을 하는 것은 아닌지,

그 연극에 속아 스스로 빠져드는 것은 아닌지 약간 걱정이 되
곤 했어……. 지금 그 아이가 행복으로 삼는 건 그 애가 꿈꿨
던 것, 그 애의 행복이 걸려 있는 것처럼 보였던 것과는 너무
나 달라! ……아! 사람들이 행복이라 부르는 것은 우리 영혼
과 얼마나 가까운 것인지 외부에서 그것을 구성하는 것처럼
보이는 요소들은 정말이지 조금도 중요하지 않아! 내가 '황무
지'를 혼자 거닐며 했던 이런저런 성찰들은 그냥 생략할게. 그
곳을 거닐면서 나를 가장 놀라게 한 건 더 이상 즐거운 느낌
이 들지 않는다는 거였어. 쥘리에트의 행복이 날 충족시켜줘
야 마땅한데도…… 왜 내 마음은 도무지 막아낼 수 없는 이
이해 못할 우수에 빠져드는 걸까? 내가 느끼는, 적어도 내 두
눈으로 보고 있는 이 고장의 아름다움조차 이 설명할 수 없는
슬픔을 더 짙게 만들어……. 네가 이탈리아에서 편지를 써 보
낼 때는 난 너를 통해 모든 것을 볼 줄 알았어. 그런데 지금은
내가 너 없이 바라보는 이 모든 것을 너에게서 빼앗는 것만 같
아. 요컨대, 퐁괴즈마르와 르아브르에서는 비오는 날들에 대
비해 우수에 대한 저항력을 길렀어. 그런데 여기서는 그 저항
력이 더 이상 통하질 않아. 그 힘을 써먹을 수 없다는 느낌 때
문에 불안해. 이 고장 사람들의 요란한 웃음소리를 들으면 짜
증이 나. 어쩌면 내가 그들만큼 요란스럽지 않은 걸 그냥 '슬
프다'라고 부르는 걸지도 몰라……. 어쩌면 이전에는 내 기쁨
에 어떤 오만이 깃들어 있었는지도 모르겠어. 왜냐하면 지금

이 낯선 쾌활함 속에서 내가 느끼는 건 일종의 굴욕감과 같은 감정이거든.

여기 온 이후로는 기도도 거의 할 수가 없었어. 난 주님께서 더 이상 같은 자리에 계시지 않는 것 같은 유치한 감정을 느껴. 안녕, 오늘은 여기서 이만 줄일게. 이 신성모독이, 내 슬픔이, 그 슬픔을 털어놓은 것이, 그리고 우편배달부가 오늘밤에 가져가지 않는다면 내가 내일 당장 찢어버리고 말 이 편지를 쓰고 있는 것이 부끄러워……

다음 편지에는 알리사가 대모로서 맞이했을 조카의 탄생, 그리고 쥘리에트와 외삼촌의 기쁨에 대한 얘기뿐이었다……. 그녀 자신의 감정에 대한 언급은 더 이상 없었다.

그 후로는 다시 퐁괴즈마르에서 보낸 편지들이 이어졌는데, 7월에는 쥘리에트도 그곳에 와 있었다……

에두아르와 쥘리에트는 오늘 아침에 이곳을 떠났어. 내 어린 대녀가 떠난 게 무엇보다 아쉬워. 6개월 후에 다시 보게 될 때는 더 이상 그 아이의 몸짓들을 알아보지 못하게 될 거야. 그사이 그 아이가 지어내는 몸짓을 거의 하나도 빼놓지 않고 지켜봤거든. 아이들의 성장은 언제나 신비롭고 놀라워. 우리가 아이들을 볼 때마다 놀라지 않는 건 주의력 결핍 때문이야. 희망으로 가득한 그 작은 요람을 들여다보며 얼마나 많은 시간을 보냈는지! 어떤 이기주의, 어떤 자기도취로 인해, 더 나은 것에 대한 욕구가 어떻게 줄어들기에 발달은 그렇게 빨리 멈추고, 모든 피조물은 주님으로부터 그토록 먼 곳에서 서버리는 것일까? 아! 만약 우리가 그분에게 더 가까이 다가갈 수 있다면, 또 그러기를 원한다면…… 얼마나 놀라운 경쟁이 벌어질까!

쥘리에트는 아주 행복해 보여. 그 애가 피아노와 독서를 포기하는 걸 보고 처음에 난 많이 슬펐어. 에두아르 테시에르는 음악도 좋아하지 않고 독서에도 그다지 취미가 없어. 어쩌면 남편이 따라올 수 없을 곳에서 기쁨을 찾지 않는 쥘리에트는 슬기롭게 처신하고 있는 것일지도 몰라. 그 애는 자신의 사업에 대해 시시콜콜 얘기를 해주는 남편의 일에 흥미를 느끼고 있어. 올해 사업 규모가 많이 커졌거든. 그는 그게 결혼 때문이라고, 그 덕분에 르아브르에 고객을 대거 확보하게 할 수 있었다고 즐겨 말하곤 해. 그의 지난 번 사업 여행 때는 로베르도 따라갔어. 에두아르는 그 애에게 각별한 관심을 기울이는데, 그 애의 성격을 이해한다고 주장하고, 그 아이가 진지하게 그런 종류의 일에 취미를 붙일 거라는 희망을 버리지 않고 있어.

아빠는 훨씬 좋아지셨어. 딸이 행복해하는 걸 보시더니 다시 젊어지신 것 같아. 농장에도 정원에도 다시 관심을 가지셔. 가끔 미스 애시버턴과 함께 시작했다가 테시에르 부부가 오는 바람에 중단되었던 낭독을 다시 하자고 청하시기도 하셔. 휘프너 남작의 여행기를 내가 그런 식으로 그분들에게 읽어드렸어. 나도 아주 재미있었고. 이제는 나도 책 읽는 시간을 더 많이 가질 거야. 하지만 난 네가 좋은 책들을 골라줬으면 좋겠어. 오늘 아침에도 이 책 저 책 들춰봤는데, 읽을 만하다고 느껴지는 책이 단 한 권도 없었거든!

알리사의 편지들이 이때부터 점점 혼란스럽고 절박하게 변해갔다. 그해 여름이 끝나갈 무렵 그녀는 나에게 이렇게 썼다.

너에게 걱정을 끼칠까봐 내가 널 얼마나 기다리는지 차마 말 못하겠어. 너를 다시 만날 때까지 보내야 하는 하루하루가 날 짓누르고 숨 막히게 해. 아직도 두 달! 나에게는 그 두 달이 이미 너와 떨어져 보낸 그 모든 세월보다 더 길어 보여! 기다림을 잊기 위해 내가 시도하는 모든 게 가소로울 만큼 일시적인 것으로 보이고, 그 무엇에도 마음을 못 두겠어. 독서는 효력도 매력도 없고, 산책도 그저 그렇고, 자연 전체가 초라해 보이고, 퇴색한 정원은 향기도 없어. 널 끊임없이 너 자신으로부터 끄집어내는, 널 피곤하게 만들고 네 나날을 후딱 지나가게 하고 밤이면 피곤에 절은 널 금방 깊은 잠에 빠뜨리는 너의 고역, 네가 선택하지 않은 의무적인 훈련이 난 부러워. 군사훈련에 대한 너의 감동적인 묘사가 내내 날 따라다녔어. 잠을 잘

못 잔 요 며칠 동안, 난 밤마다 기상나팔 소리에 몇 번이나 소
스라쳐 깨어나곤 했어. 정말로 난 그 소리를 들었어. 난 네가
말한 그런 종류의 도취, 그 아침의 환희, 그 아찔한 현기증을
너무나 잘 상상할 수 있어……. 새벽의 얼어붙은 찬란함 속에
서 말제빌 고원은 정말 아름다울 거야!

얼마 전부터 몸이 좀 안 좋아. 오! 전혀 심각한 건 아니고.
다만, 내가 널 약간 지나칠 정도로 간절하게 기다리는 것 같아.

그로부터 6주 후.

이게 내 마지막 편지야, 제롬. 네가 돌아오는 날짜가 아직
확정되지 않았다 하더라도, 아주 많이 늦어지지는 않을 테니
까. 그래서 더 이상 너에게 편지를 쓸 수는 없을 거야. 퐁괴즈
마르에서 너와 재회하고 싶었지만, 그사이 날씨가 안 좋아졌
어. 날이 무척 추워서 아빠는 도시로 돌아가자는 말밖에 안 하
셔. 이제 쥘리에트도 로베르도 없으니 널 우리 집에 묵게 할
수도 있겠지만, 아무래도 널 맞아들이며 행복해하실 펠리시
고모 댁에 짐을 푸는 편이 낫겠어.

우리가 다시 만날 날이 다가옴에 따라 내 기다림이 점점 더
불안한 마음으로 변해가고 있어. 이건 거의 두려움이야. 네가
오기를 그토록 소원했는데, 지금은 그걸 두려워하는 것 같아.
난 더 이상 그 생각을 하지 않으려고 노력해. 난 네가 누르는

초인종 소리, 층계를 올라오는 네 발소리를 상상해. 그러면 내 심장이 박동을 멈춰. 날 아프게 해……. 내가 너에게 말을 걸 수 있을 거라곤 기대하지 마……. 나는 거기서 지나온 내 삶이 끝나는 걸 느껴. 그 너머로는 아무것도 안 보여. 내 삶이 멈춰…….

나흘 후, 다시 말해 내가 제대하기 일주일 전, 나는 또 다시 짤막한 편지 한 통을 받았다.

제롬, 너의 르아브르 체류와 우리 첫 재회의 기간을 지나치게 늘리려 들지는 말자는 너의 말에 전적으로 동의해. 우리가 이미 편지로 주고받은 것 외에 할 말이 또 뭐가 있겠어? 그러니 학교 등록 때문에 당장 28일에 파리로 올라가야 한다면, 조금도 망설이지 마. 우리에게 이틀의 시간밖에 없는 것을 애석해하지도 말고. 우리에겐 앞으로 평생이라는 시간이 있으니까.

VI

우리의 첫 만남은 퐁괴트에 이모 댁에서 이루어졌다. 나는 갑자기 내가 군 생활 때문에 몸이 붇고 둔해진 것처럼 느껴졌다……. 그래서 알리사도 내가 변했다고 여길 수 있겠다는 생각이 들었다. 하지만 우리 사이에 이러한 기만적인 첫 인상이 뭐가 그리 중요하겠는가! 나로서도, 그녀의 옛 모습을 완벽하게 알아보지 못할까봐 처음에는 감히 그녀를 제대로 쳐다보지도 못했다……. 아니, 오히려 우릴 당황시킨 것은 주변 사람들이 우리에게 받아들이도록 강요한 약혼자들이라는 터무니없는 역할, 우리 둘만 남겨두고 자리를 피해주려는 그들의 부담스런 배려였다.

"아녜요, 고모, 방해 안 되니까 그냥 계셔도 돼요. 우리끼리 나눌 은밀한 얘기 같은 거 없어요." 자리를 피해주려는 이모의 분별없는 노력을 보다 못해 알리사가 소리쳤다.

"아니다! 아니다, 애들아! 난 너희 심정을 아주 잘 이해한단 다. 오랫동안 서로 보지 못했을 때는 이런저런 자질구레한 얘 깃거리들이 쌓여 있게 마련이지⋯⋯."

"제발 부탁이에요, 고모. 고모가 가버리시면 우리가 훨씬 더 불편할 거예요." 알리사가 거의 화가 난 어조로, 그녀의 목소리 가 맞나 싶을 정도로 격앙된 어조로 말했다.

"이모, 이모가 가버리시면 우린 더 이상 한 마디도 안 나눌 거예요." 웃으면서 이렇게 말하긴 했지만, 나 역시 둘만 남으 면 어쩌나 하는 두려움에 사로잡혀 있었다. 이렇게 우리 셋은 짐짓 쾌활한 척하면서, 억지스러운 활기에 의해 추진되는 진부 한 대화를 다시 이어갔다. 우리 각자는 그 어색한 활기 뒤에 자 신의 혼란을 감추고 있었다. 외삼촌이 날 점심 식사에 초대했 기 때문에 우리는 그다음 날에도 만나야 했다. 그래서 그 첫날 저녁 우리는 연극을 끝내게 되어 다행이라 여기면서 별 아쉬움 없이 헤어졌다.

나는 식사시간 훨씬 전에 도착했다. 알리사는 친구와 이야 기를 나누고 있었다. 그녀는 차마 이제 가보라며 친구 등을 떠 밀지 못했고, 친구 또한 알아서 일어날 만큼 눈치가 있지는 않 았다. 마침내 그 친구가 떠나고 우리 둘만 남게 되었을 때, 나 는 알리사가 점심 식사나 하고 가라며 친구를 붙들지 않은 걸 놀라워하는 척 했다. 우린 둘 다 잠을 설친 탓에 피곤했고 신경이 곤두서 있었다. 외삼촌이 왔다. 알리사는 내가 외삼촌이 많이 늙었다고 생각한다는 걸 느꼈다. 외삼촌은 귀가 많이 어두워져서 내 말을 잘 알아듣지 못했다. 그가 알아듣게 소리를 질러야 했기 때문에 내 말은 매번 헝클어져버렸다.

점심 식사 후에 약속한 대로 플랑티에 이모가 당신의 마차로 우릴 데리러 왔다. 그녀는 돌아오는 길에 가장 경치가 좋은 곳에서 단둘이 거닐게 만들 심산으로 우릴 오르셰르로 데리고 갔다.

계절에 비해 날이 더웠다. 우리가 거닌 언덕의 사면은 볕에 노출되어 있었고 별 매력도 없었다. 나무들은 헐벗어서 볕을 피할 피난처가 되어주지 못했다. 이모가 기다리는 마차로 돌아가려 마음이 바빴던 우리는 불편한 걸음을 재촉했다. 게다가 나는 머리까지 지끈거려 아무런 생각도 끄집어낼 수가 없었다. 태연한 척하기 위해, 또는 그 몸짓이 말을 대신할 수 있었기 때문에, 나는 걸으면서 슬쩍 알리사의 손을 잡았다. 그녀는 손을 나에게 맡기고 가만히 있었다. 마음의 동요, 빠른 걸음의 숨 가쁨, 침묵의 어색함이 우리의 피를 얼굴로 쏠리게 했다. 내 관자놀이에서 피가 뛰는 소리가 들려왔다. 알리사의 얼굴도 보기 싫게 상기되어 있었다. 축축하게 젖은 채 서로 매여 있는 것처럼 불편하게 느껴졌던 우리의 손은 곧 풀어졌고, 각자 쓸쓸하게 아래로 떨어졌다.

우리가 너무 서두르는 바람에, 우리에게 이야기를 나눌 시간을 주려는 이모의 뜻에 따라 아주 천천히 다른 길로 돌아온 마차보다 먼저 네거리에 도착했다. 우리는 언덕 비탈에 앉아 기다렸다. 갑자기 인 찬바람이 땀에 흠뻑 젖어 있던 우리를 꽁꽁 얼려놓았다. 그래서 우리는 자리에서 일어나 마차를 마중하러 갔다……. 하지만 우리를 더욱 난감하게 만든 것은 우리가 충분히 얘기를 나눴을 거라고 확신하고 우리의 약혼에 대해 이것저것 캐물어대는 이모의 성가신 배려였다. 그것을 견딜 수 없었던 알리사는 눈물이 그렁그렁한 눈으로 머리가 몹시 아프다는 핑계를 댔다. 귀가는 침묵 속에서 마무리됐다.

다음 날, 감기몸살이 들어 온몸이 쑤시는 상태로 잠에서 깨어난 나는 몸이 너무 안 좋아 오후가 되어서야 외삼촌댁에 가기로 마음먹었다. 운 나쁘게도 알리사는 혼자가 아니었다. 펠리시 이모의 손녀 중 하나인 마들렌 플랑티에가 와 있었다. 알리사가 그 아이와 자주 이야기를 나눈다는 건 나도 알고 있었다. 며칠 예정으로 할머니 댁에 묵고 있던 그녀는 내가 들어가자 이렇게 소리쳤다.

"이따가 할머니 댁으로 올라가실 거면, 같이 가면 되겠네요."

내가 기계적으로 고개를 끄덕인 바람에 알리사와 단둘이 볼 수는 없게 되어버렸다. 하지만 그 사랑스러운 아이가 함께 있는 것이 우리에게 도움이 되었다. 전날의 견딜 수 없는 어색함을 또 다시 겪지는 않았으니까. 곧 우리 셋 사이에 아주 편하고, 내가 처음에 우려했던 것보다 훨씬 덜 경박한 대화가 시작되었다. 내가 작별인사를 했을 때, 알리사가 묘한 표정으로 웃었다. 그때까지도 그녀는 내가 다음 날 떠난다는 사실을 이해하지 못하고 있는 것처럼 보였다. 가까운 시일에 다시 만날 거라는 전망이 내 작별인사에서 그것이 지닐 수 있는 비극적인 면모를 앗아가 버렸다.

하지만 저녁 식사 후에 나는 막연한 불안감에 떠밀려 다시 시내로 내려갔다. 한 시간 가량 이리저리 헤매다가 또다시 외삼촌댁 초인종을 누르기로 마음먹었다. 날 맞아준 건 외삼촌이었다. 몸이 안 좋았던 알리사는 이미 자기 방으로 올라갔고, 아마 곧 잠자리에 들었을 터였다. 난 잠시 외삼촌과 이야기를 나누다가 그곳을 나섰다…….

계속되는 어긋남이 아무리 유감스럽다 해도, 그것을 탓하는 건 헛일이었다. 모두가 잘 해보라고 멍석을 깔아줬을 때도, 우리는 스스로 어색함을 만들어내지 않았던가. 하지만 무엇보다도 알리사 역시 그것을 느꼈다는 사실이 날 슬프게 했다. 파리로 올라오자마자, 나는 이 편지를 받았다.

제롬, 얼마나 슬픈 재회였는지! 넌 그 잘못이 다른 사람들에게 있다고 말하는 것처럼 보였어. 너 스스로도 그렇게 확신할 수 없으면서. 이제 난 앞으로도 늘 그럴 거라고 생각해. 아니, 알아, 늘 그러리라는 걸. 아! 제발 부탁이야, 우리 더 이상 만나지 말도록 하자!

할 말이 그토록 많은데, 왜 그렇게 어색하고, 헛도는 것 같고, 온몸이, 그리고 혀까지 굳어버린 것 같았을까? 네가 돌아온 첫날, 난 그 침묵조차도 기뻤어. 그것이 곧 사라질 거라고, 네가 곧 놀라운 것들을 말해줄 거라고 믿었으니까. 네가 그러지 않고 떠날 순 없었으니까.

하지만 그 침울했던 오르세르 산책이 침묵 속에서 끝나버렸을 때, 특히 우리의 손이 풀려서 아무 희망 없이 떨어져버렸을 때, 난 내 심장이 비탄과 고통으로 멈춰버리는 줄 알았어. 내가 무엇보다 슬펐던 건 네 손이 내 손을 놓았기 때문이 아니라, 네 손이 그렇게 하지 않았다면 내 손이 그렇게 했을 거라고 느꼈기 때문이야. 내 손 역시 너의 손 안에서 편안하지 않았으니까.

다음 날 그러니까 어제, 난 오전 내내 널 미친 듯이 기다렸어. 마음이 너무 불안해 집에 가만히 있을 수 없었던 나는 너한테 방파제로 나를 만나러 오라는 쪽지를 남기고 집을 나섰어. 난 오랫동안 거기 서서 넘실거리는 바다를 바라봤어. 하지만 너 없이 혼자 그러고 있는 게 너무 고통스러웠지. 그러다 갑자기 네가 내 방에서 기다리고 있을 거라는 생각이 들어서 서둘러 집으로 돌아왔어. 난 내가 오후에는 자유롭지 못할 거라는 걸 알고 있었어. 그 전날 마들렌이 놀러가도 되느냐고 물어왔는데, 난 아침에 널 만날 생각이었기 때문에 그냥 놀라오라고 했었어. 하지만 우리가 이번 재회에서 유일하게 즐거운 시간을 보낸 건 아마도 함께 있어준 그 아이 덕분이었을 거야. 나는 잠시 그 편안한 대화가 오래도록, ……아주 오래도록 지속될 거라는 이상한 환상에 빠지기도 했어. 네가 그 아이와 내가 앉아 있는 소파로 다가와 나를 향해 몸을 숙이고 작별인사를 했을 때, 나는 아무 대답도 할 수가 없었어. 모든 게 끝난 것 같았거든. 네가 떠난다는 걸 갑자기 깨달았던 거야.

네가 마들렌과 함께 나가자마자, 나에겐 그 현실이 불가능한 것, 견딜 수 없는 것처럼 보였어. 내가 다시 나간 거, 너는 아니? ……난 너와 다시 얘기를 나누고 싶었어. 너에게 말하지 못했던 모든 것을 마침내 털어놓고 싶었어. 난 이미 플랑티에 고모 댁으로 달려가고 있었어……. 그런데 너무 늦은 시각이었어. 시간도 없었고, 감히 초인종을 누르지도 못했지……. 난 절망에 빠져 집으로 돌아왔어. 너에게 편지를 쓰려고…… 더 이상 너에게 편지를 쓰고 싶지 않다는…… 이별의 편지를…… 왜냐하면 우리의 서신왕래 전체가 하나의 거대한 신기루에 불과하다는 것을, 우리 각자가 자기 자신에게 편지를 쓰고 있을 뿐이라는 것을, 그리고…… 제롬! 제롬! 아! 우리가 늘 멀리 떨어져 있었다는 것을 너무나 분명하게 느꼈기 때문이야!

난 그 편지를 찢어버렸어. 그래, 그랬어. 하지만 난 지금 그 편지를, 거의 똑같은 편지를 다시 쓰고 있어. 오! 내가 널 덜 사랑하는 게 아냐, 제롬! 오히려 네가 나에게 다가왔을 때 날 사로잡은 혼란과 불편을 통해 난 내가 널 얼마나 깊이 사랑하는지 그 어느 때보다 분명하게 느꼈어. 그리고 그 순간 절망했지. 왜냐하면 나 자신에게도 솔직히 털어놓자면, 나는 멀리 떨어져 있어야 너를 더 많이 사랑하기 때문이야. 난 이미 그럴 거라고 짐작하고 있었어! 그토록 바랐던 이번 만남이 나에게 그걸 확인시켜줬어. 제롬, 너 역시 그걸 받아들여야 해. 안녕, 너무나 사랑하는 나의 제롬, 주님께서 널 보호하고 이끌어주시길. 우리가 벌 받지 않고 다가갈 수 있는 건 오로지 그분뿐이야.

마치 이 편지가 이미 나에게 충분히 고통스럽지 않다는 듯이, 그녀는 그다음 날 이 추신을 덧붙였다.

너에게 우리 둘의 문제에 대해서는 함부로 발설하지 말아달라고 부탁하지 않고는 이 편지를 부치고 싶지 않아. 넌 이미 여러 차례 너와 나 사이에 남아 있어야 했을 것을 쥘리에트나 아벨에게 발설함으로써 나에게 상처를 줬어. 바로 그것 때문에 나는 네가 알아차리기 훨씬 전 전부터 네 사랑이 무엇보다 머리로 하는 사랑, 애정과 신의에 대한 지적인 집착이라고 생각했던 거야.

내가 아벨에게 편지를 보여주지 않을까 하는 염려가 이 추신을 쓰게 했을 거라는 데에는 의심의 여지가 없었다. 도대체 어떠한 불신이 가져온 통찰력이 그녀를 이토록 경계하게 만들었을까? 최근에 내가 한 말에서 아벨이 한 충고의 흔적을 보기라도 했던 것일까?

나는 이제 아벨과는 큰 거리감을 느끼고 있었다! 우리는 점점 멀어지는 두 길을 따라가고 있었다. 내 슬픔의 고통스러운 짐을 나 혼자 지라고 가르치기 위해서라면 이런 권고는 불필요한 것이었다.

뒤이은 사흘은 오로지 나의 탄식으로만 채워졌다. 나는 알리사에게 답장을 쓰고 싶었다. 하지만 자칫 너무 다급한 논쟁, 너무 격렬한 항의, 툭 튀어나온 서툰 말 한 마디로 우리의 상처를 치유할 수 없을 정도로 악화시킬까봐 두려웠다. 나는 내 사랑이 몸부림치는 편지를 쓰고, 또 고쳐 썼다. 내가 마침내 보내기로 결심한 편지의 사본, 눈물로 씻긴 이 종잇장을 다시 읽으면 지금도 눈물이 난다.

알리사! 제발 나를, 우리 둘을 불쌍히 여겨! ……네 편지가 날 아프게 해. 네 두려움을 그냥 웃어넘길 수만 있다면 얼마나 좋을까! 그래, 나도 네가 편지에 쓴 모든 것을 느꼈어. 그러면서도 그걸 나 자신에게 털어놓기가 두려웠어. 너는 상상에 불과한 것에 얼마나 끔찍한 현실성을 부여하는지, 그리고 그것으로 우리 사이를 얼마나 소원하게 만드는지!

네가 날 예전보다 덜 사랑한다고 느낀다면…… 아! 네 편지 전체가 부인하는 이 잔인한 가정은 나와는 거리가 멀어! 그렇다면 네 일시적인 두려움이 뭐가 그리 중요해? 알리사! 하나하나 따지고 들려고 하면 내 문장이 얼어버려. 나에겐 이제 내 가슴의 신음소리밖에 안 들려. 난 널 너무 사랑하기 때문에 능숙하게 행동하질 못해. 널 사랑하면 할수록, 너에게 어떻게 말을 해야 할지 점점 더 모르겠어. '머리로 하는 사랑……' 내가 그것에 뭐라고 대답하길 원해? 내가 내 영혼 전체로 널 사랑하는데, 어떻게 내 지성과 내 마음을 구별할 수 있겠어? 하지만 우리의 서신왕래가 네 모욕적인 비난의 원인이니, 편지로 고무되었다가 현실로 곤두박질쳐 우리 둘 다 그토록 심한 상처를 입었으니, 또한 이제는 네가 나한테 편지를 써도 너 자신에게 쓰는 것이라고 믿을 테니, 부탁인데, 당분간 일체의 서신왕래를 중단하도록 하자.

이 편지 뒷부분에서 나는 그녀의 심판에 항의하면서 다시한 번 생각해보라고 부탁했고, 새로운 만남을 허락해달라고 간청했다. 지난 번 만남은 망칠 수밖에 없었다. 무대, 단역배우들, 계절, 그리고 지나치게 들떠서 우리의 재회를 조심스럽게 준비시키지 못한 편지까지, 이 모든 게 어깃장을 놨으니까. 이번에는 만남에 앞서 오로지 침묵만 있을 터였다. 나는 퐁괴즈마르에서, 봄에 그 만남이 이루어지기를 바랐다. 거기라면 어릴 적 추억이 내 편을 들어줄 것이고, 그때라면 외삼촌이 부활절 방학 내내, 혹은 그녀가 좋다고 여기는 기간 동안만이라도 나를 기꺼이 맞아줄 거라고 생각했으니까.

결심이 확고하게 서자, 나는 곧바로 편지를 부쳤고, 공부에 몰두할 수 있었다.

*

나는 그해가 가기도 전에 알리사와 재회해야 했다. 몇 달 전부터 건강이 악화되어 시름시름하던 미스 애시버턴이 크리스마스를 나흘 앞두고 돌아가셨던 것이다. 나는 제대를 한 이후로 다시 그녀의 집에 묵고 있었다. 나는 그녀 곁을 거의 떠나지 않았기 때문에 그녀의 임종을 지켜볼 수 있었다. 알리사가 보낸 엽서는 우리가 당한 상(喪)보다 우리가 나눈 침묵 서약을 더 마음에 두고 있다는 것을 보여주었다. 그녀는 외삼촌이 파리로 올라올 수 없으니 대신 장례식에만 잠시 참석하고 곧바로 내려가겠다고 했다.

장례식을 치를 때도, 운구를 할 때도 그녀와 나, 거의 우리 둘뿐이었다. 우리는 나란히 걸으며 겨우 몇 마디 주고받았을 뿐이었다. 하지만 교회에서 나란히 앉았을 때, 나는 여러 차례 그녀가 애정 어린 눈길로 날 바라보는 것을 느꼈다.

"결정된 거야. 부활절 전에는 아무것도." 헤어지는 순간 그녀가 나에게 말했다.

"그래, 하지만 부활절에는……."

"기다릴게."

우리는 묘지 문 앞에 있었다. 나는 역까지 바래다주겠다고 제안했다. 하지만 그녀는 손을 들어 마차를 불렀고, 작별인사 한 마디 없이 가버렸다.

VII

"알리사가 정원에서 널 기다리고 있다." 4월 말께 내가 퐁괴즈
마르에 도착했을 때 외삼촌이 아버지처럼 날 안아주고는 이렇
게 말했다. 처음에는 그녀가 달려 나와서 날 맞아주지 않아 실
망했지만, 곧 재회 첫 순간의 진부한 감정 표현을 우리 둘 모두
에게 면하게 해줘서 고맙다는 생각이 들었다.

그녀는 정원 안쪽에 있었다. 나는 매년 이맘 때쯤이면 라일
락, 마가목, 금작화, 병꽃나무가 꽃을 활짝 피운 덤불숲으로 둘
러싸이는 그 층계 옆 빈터를 향해 걸어갔다. 너무 멀리서부터
그녀를 알아보지 않기 위해, 혹은 내가 가는 것을 그녀가 보지
못하게 하려고 나는 정원 반대쪽, 나뭇가지들 아래 공기가 서
늘한 어두운 오솔길을 따라갔다. 나는 천천히 걸어갔다. 하늘
은 내 기쁨처럼 뜨겁고, 찬란하고, 아릴 정도로 맑았다. 그녀는

내가 다른 오솔길로 올 거라고 예상하고 기다리고 있었다. 내가 근처까지, 바로 뒤까지 다가갔는데도, 그녀는 내가 다가가는 소리를 듣지 못했다. 내가 멈춰 섰다……. 마치 시간도 따라 멈춰 선 것 같았다. 행복 자체에 앞서는 이 순간이야말로 가장 감미로운 순간일지 모른다고 나는 생각했다. 행복 자체도 비기지 못하는…….

나는 그녀 앞에 무릎을 꿇고 싶었다. 내가 한 걸음 더 나아가자, 그녀가 이번에는 그 소리를 들었다. 그녀가 수놓고 있던 것을 땅바닥에 떨어뜨리고는 벌떡 일어서더니 나를 향해 팔을 뻗어 양손을 내 어깨 위에 올려놓았다. 우리는 잠시 그러고 있었다. 그녀는 팔을 뻗은 채 고개를 옆으로 기울이고 웃으면서 아무 말 없이 애틋하게 나를 바라보았다. 그녀는 온통 흰 옷을 입고 있었다. 거의 지나칠 정도로 엄숙한 그녀의 얼굴에서 나는 그녀의 어릴 적 웃음을 되찾았다…….

"들어봐, 알리사." 내가 갑자기 외쳤다. "난 앞으로 12일 동안 자유로워. 난 네가 싫다고 하면 단 하루도 더 머물지 않을 거야. 그러니 '내일은 퐁괴즈마르를 떠나야 하는 날'이라는 걸 의미하는 신호를 정해두자. 그러면 그다음 날 항변도 불평도 없이 바로 떠날게. 그렇게 할래?"

미리 준비해둔 말이 아니었기에 나는 더 편하게 말을 했다. 그녀가 잠시 생각해보고는 대답했다.

"내가 식사를 하러 내려오면서 네가 좋아하는 자수정 십자가를 목에 걸지 않는 저녁이야…… 알겠니?"

"그게 나의 마지막 저녁이란 말이지."

"네가 정말 떠날 수 있을지, 눈물 없이, 한숨 없이……."

"작별인사도 없이. 난 그 마지막 저녁에도 그 전날 저녁과 똑같이 널 떠날 거야. 네가 '제대로 이해를 하긴 한 걸까?'라고 궁금해할 정도로 담담하게. 하지만 그다음 날 아침, 네가 찾아도 난 더 이상 거기 없을 거야."

"그다음 날 난 널 찾지 않을 거야."

그녀가 나에게 손을 내밀었다. 내가 그 손을 내 입술로 가져가며 말했다.

"지금부터 그 숙명의 저녁까지, 나에게 뭔가를 예감하게 하는 암시는 없기야."

"너도, 뒤따를 이별에 대한 암시도 없기야."

이제는 재회의 엄숙함이 우리 사이에 조장할 위험이 있는 어색함을 깨야만 했다. 그래서 내가 말을 이었다.

"난 네 곁에서 지내는 이 며칠이 우리에게 여느 날과 똑같아 보였으면 좋겠어……. 내 말은 우리 둘 다 이 날들이 특별하다고 느끼지 않았으면 좋겠다는 뜻이야. 그리고…… 처음에는 얘기를 나누려고 지나치게 애쓰지 않았으면……."

그녀가 웃기 시작했다. 그래서 내가 덧붙였다.

"우리가 함께 할 수 있는 일이 뭐 좀 없을까?"

우리는 늘 정원 가꾸는 일을 좋아했었다. 얼마 전에 옛 정원사가 신출내기 정원사로 바뀌는 바람에 두 달 동안 거의 방치되다시피 한 정원은 우리에게 많은 일거리를 제공했다. 장미나무들은 전지가 잘못 되어 있었다. 생장이 왕성한 것들은 죽은 나무에 막혀 제대로 자라지 못했고, 담장을 기어오르는 것들은 지주를 받쳐주지 않아 무너져 내렸다. 식욕이 왕성한 것들은 다른 것들을 시들게 했다. 그 대부분이 우리가 예전에 접붙여준 것들이었다. 우리는 우리가 키운 것들을 알아보았다. 우리는 그것들을 손질하느라 많은 시간을 보냈다. 그 덕분에 첫 사흘간은 심각한 말은 전혀 하지 않은 채 많은 얘기를 나눌 수 있었고, 입을 다물고 있을 때도 침묵이 전혀 부담스럽지 않았다.

이렇게 해서 우리는 서로에 대한 습관을 되찾았다. 나는 다른 어떠한 설명보다 그 습관에 더 큰 기대를 걸고 있었다. 우리 사이에는 이미 이별에 대한 기억 자체가 사라졌고, 내가 그녀에게서 자주 느꼈던 두려움, 그녀가 내게서 염려했던 영혼의 위축이 이미 줄어들었다. 쓸쓸한 기억만 남긴 지난 가을 방문 때보다 한결 젊어진 알리사는 그 어느 때보다 예뻐 보였다. 나는 아직 그녀를 안아본 적이 없었다. 매일 저녁 나는 그녀의 블라우스에서 작은 자수정 십자가가 금줄에 매달린 채 반짝이는 것을 보았다. 자신감을 얻은 내 가슴 속에서 희망이 다시 태어났다. 희망이라니, 내가 무슨 말을 하는 건가? 그것은 이미 확신이었다. 그리고 나는 알리사한테서도 그것을 느꼈다고 상상했다. 나 자신을 추호도 의심하지 않는데 그녀를 의심할 순 없었으니까. 우리의 대화가 조금씩 대담해졌다.

매혹적인 공기가 깔깔거리고 우리의 마음이 꽃들처럼 활짝 열렸던 어느 날 아침, 내가 그녀에게 말했다. "알리사, 이제 쥘리에트도 행복을 찾았으니, 너만 괜찮으면 우리도……."

나는 그녀를 바라보며 천천히 말했다. 그런데 그녀의 안색이 갑자기 백지장처럼 변해서 나는 말을 끝맺을 수가 없었다.

그녀가 내 쪽으로 눈길을 돌리지 않은 채 입을 열었다.

"제롬! 난 지금 네 곁에서 사람이 행복할 수 있으리라고 내가 생각했던 것 이상으로 행복해……. 하지만 날 믿어. 우린 행복을 위해 태어난 게 아냐."

"영혼이 행복보다 뭘 더 좋아할 수 있어?" 내가 버럭 소리를 질렀다. 그러자 그녀가 웅얼거렸다.

"성스러움……."

그 목소리가 워낙 작아서 나는 이 말을 들었다기보다는 짐작했다.

내 모든 행복이 날개를 활짝 펴고 나를 떠나 저 하늘로 날아가버렸다.

"난 너 없이는 그것에 도달하지 못할 거야." 그녀의 무릎에 얼굴을 묻고, 슬픔이 아니라 사랑에 복받쳐, 어린아이처럼 울면서 내가 말했다. "너 없이는 안 돼. 너 없이는 안 된단 말이야!"

그리고 그날은 다른 날들처럼 흘러갔다. 하지만 저녁 때 알리사는 자수정 십자가를 목에 걸지 않고 내려왔다. 나는 약속을 지키기 위해 그다음 날 새벽에 파리로 올라왔다.

파리로 올라온 다음 날 나는 셰익스피어의 시구를 제사(題詞)로 사용한 이 이상한 편지를 받았다.

> 다시 한 번 그 노래를 ─죽어가듯 스러졌던
> 오, 그 노래는 향기를 훔치고 주며
> 제비꽃 만발한 강둑 너머로 부는
> 감미로운 남풍처럼 들려왔어. ─됐어, 그만.
> 그건 이제 이전만큼 감미롭지 않아……*

그래! 난 나도 모르게 아침 내내 널 찾았어, 제롬. 난 네가 떠났다는 걸 믿을 수가 없었어. 우리의 약속을 지킨 네가 원망스러웠어. 그냥 장난이겠지 하고 생각했어. 덤불숲 뒤에서 네가 불쑥 나타날 것만 같았어. 그런데 아니었어! 넌 정말 떠나고 없었어. 고마워.

난 끊임없이 뇌리를 맴도는 어떤 생각들, 그리고 그것들을 너에게 전하지 않는다면 나중에 너에게 과오를 범했다는, 너

---

*셰익스피어의 희곡《십이야》의 첫 부분에 나오는 오시노 공작의 대사.

의 질책을 받을 짓을 했다는 느낌에 시달리게 될 거라는 두려움에 사로잡힌 채 하루를 보냈어…….

난 네가 퐁괴즈마르에 내려오고 나서 처음 얼마동안은 너와 함께 있으면 느껴지는 내 전존재의 이상한 만족감에 놀랐어. 그런데 곧 점점 불안해졌어. 넌 나에게 '그 이상 아무것도 바랄 게 없는 만족감!'이라고 말했지. 그런데 바로 그게 날 불안하게 해…….

제롬, 난 네가 날 잘못 이해할까봐 두려워. 특히 네가 내 영혼이 겪는 가장 격렬한 감정의 표현에 지나지 않는 것에서 어떤 미묘한 거절의 구실을(오! 만약 그렇다면 이 얼마나 같잖은 구실이겠어!) 보지나 않을까 염려가 돼.

'그걸로 충분치 않다면, 그건 행복이 아닐 거야.' 네가 나한테 이렇게 말했던 거, 기억 나? 난 이렇게 대답할 수밖에 없었어. '아냐, 제롬, 그것으론 우리에게 충분하지 않아, 그것으로 충분해선 안 돼. 환희로 가득한 이 만족감, 난 이걸 진정한 것으로 여길 수 없어. 지난 가을 우린 그것이 어떤 비탄을 감추고 있는지 깨닫지 않았니?'

진정한 것! 아! 그것이 진정할 수 있도록 주님께서 우릴 보호해주시길! 우린 또 다른 행복을 위해 태어났어…….

예전에 우리가 주고받은 편지가 지난 가을의 재회를 망쳐놓았듯이, 네가 내 곁에 있었던 어제의 기억이 오늘 이 편지를 쓰는 기쁨을 앗아가고 있어. 내가 너에게 편지를 쓰며 맛보았던 그 황홀감은 어디로 가버렸을까? 편지를 통해, 재회를 통해 우리는 우리 사랑이 주장할 수 있는 기쁨의 모든 순수함을 소진시켜버렸어. 이제 난 나도 모르게 《십이야》의 오시노처럼 소리치게 돼. '됐어! 이제 그만! 그건 이제 이 전만큼 감미롭지 않아.'

안녕, 제롬. '주님의 사랑이 여기서 시작되노니'. 아! 내가 널 얼마나 사랑하는지 네가 알 수 있을까? ……끝까지 난 너의 알리사일 거야.

알리사

나는 덕성의 함정에는 속수무책이었다. 모든 영웅주의는 나를 눈멀게 하면서 매료시켰다. 내가 그것을 내 사랑과 구분하지 않았으니까……. 알리사의 편지는 가장 무모한 열광으로 날 도취시켰다. 내가 더 많은 덕성을 쌓으려 애쓴 것은 오로지 그녀를 위해서였다. 모든 오솔길은, 그것이 오르막이기만 하다면, 그녀를 만날 수 있는 곳으로 날 인도할 터였다. 아! 대지가 아무리 빨리 줄어들어도 좋았다, 우리 두 사람만 떠받칠 수 있다면! 그런데 아뿔싸! 나는 그녀가 친 함정의 미묘함을 알아차리지 못했고, 그녀가 위쪽을 통해 또 다시 내게서 달아날 수 있다는 것을 상상하지 못했다.

나는 그녀에게 긴 답장을 썼다. 그 편지에서 어느 정도 통찰력을 지녔던 단 한 구절만 기억난다.

"내 사랑이 내가 내 안에 간직한 최고의 것이고, 내 모든 덕성이 그것에 달려 있으며, 그것이 날 내 너머로 고양시켜주고, 그것이 없으면 내가 다시 아주 평범한 사람의 하찮은 수준으로 떨어지고 말 거라는 생각이 자주 들어. 가장 가파른 오솔길이 항상 나에게 최고의 것으로 보이는 건 바로 너에게 가닿을 수 있다는 희망 때문이야."

내가 그 편지에 무슨 말을 덧붙였는지, 그녀는 이렇게 답장을 보내왔다.

"하지만 제롬, 성스러움은 선택이 아니야. 그건 의무야(이 낱말에 밑줄이 세 개나 그어져 있었다). 네가 내가 믿었던 그 사람이라면, 너 역시 그 의무에서 벗어날 수 없을 거야."

그게 다였다. 난 깨달았다, 아니 그보다는 예감했다. 거기서 우리의 서신왕래가 중단되리라는 것을, 아무리 교묘한 충고도, 아무리 집요한 의지도 전혀 소용이 없으리라는 것을.

그래도 나는 다시 애절한 편지를 썼다. 세 번째 편지를 보낸 후에야, 이 짧은 쪽지를 받았다.

제롬,

내가 너에게 더는 편지를 쓰지 않기로 모종의 결심을 했다고 생각하지 말아줘. 난 단지 편지를 쓰는 데 흥미를 잃었을 뿐이야. 그래도 네 편지를 받으면 즐겁긴 해. 하지만 내가 이 정도로 네 생각을 차지하는 것에 대해 점점 더 자책을 하게 돼.

이제 여름이 멀지 않아. 편지 쓰는 건 당분간 그만두고, 9월의 마지막 2주를 퐁괴즈마르로 내려와서 내 곁에서 보내줬으면 좋겠어. 그래주겠니? 그렇게 하겠다면 답장은 안 보내도 돼. 네 침묵을 동의로 여길 테니 답장하지 말기를 바라.

나는 답장을 하지 않았다. 아마도 그 침묵은 그녀가 나에게 겪게 한 마지막 시련에 불과했는지도 몰랐다. 나는 몇 달간 학업에 매진하고 몇 주간 여행을 한 후에 더없이 평온한 상태로 퐁괴즈마르로 내려갔다.

어떻게 이 단순한 이야기로 나조차 처음에는 납득하기가 그토록 어려웠던 것을 곧바로 이해하게 만들 수 있을까? 내가 전적으로 비탄에 빠져들게 된 계기 외에 여기서 무엇을 더 묘사할 수 있을까? 왜냐하면 지금에 와서는 억지로 꾸며낸 겉모습의 허울 아래에서 아직도 사랑이 팔딱이는 것을 느끼지 못한 나 자신을 결코 용서할 수 없지만, 나도 처음에는 그 겉모습밖에 볼 수 없었고, 더 이상 예전의 그녀를 찾을 수 없어 그녀를 원망했다……. 아니, 그때조차도 난 당신을 원망하지 않았소, 알리사! 더는 당신을 알아볼 수가 없어서, 그게 절망스러워서 눈물을 흘렸을 뿐이오. 그 침묵의 술수에서, 그 잔인한 술책에서 당신이 품은 사랑의 힘을 가늠하게 된 지금, 나는 당신이 날 가혹한 슬픔에 빠뜨린 만큼 더 당신을 사랑해야 하지 않겠소?

멸시? 냉담? 아니, 극복될 수 있는 건 없었다. 내가 대항해 싸울 수 있는 것조차 아무것도 없었다. 때때로 난 망설였다. 나 스스로 내 비탄을 만들어낸 건 아닌지 의심했다. 그만큼 그 원인이 미묘했고, 그만큼 알리사가 교묘하게 내 비탄의 원인을 이해하지 못하는 척했으니까. 도대체 난 무엇이 그토록 불만스러웠을까? 알리사는 그 어느 때보다 반갑게 나를 맞았다. 그 어느 때보다 정감 있고 세심하게 배려하는 모습을 보였다. 첫날, 나는 그녀의 그런 태도에 거의 속아 넘어갔다……. 납작하게 뒤로 빗어 넘긴 새 머리 모양이 마치 표정을 왜곡시키기 위해서인 양 얼굴의 생김생김을 딱딱하게 굳어보이게 한들, 천의 촉감도 거칠고 색깔도 우중충하며 잘 맞지도 않는 블라우스가 그녀 몸의 섬세한 리듬을 망가뜨린들, 그게 무슨 대수겠는가……. 그것은 그다음 날 바로 그녀 스스로, 혹은 내 요청에 따라 고칠 수 있는 지극히 사소한 것이었다. 나는 맹목적으로 그렇게만 생각했다……. 나는 우리 사이에 익숙지 않은 그 상냥한 태도와 세심한 배려가 더 속상했다. 나는 거기서 충동보다는 결심을, 감히 입에 담기 힘들지만, 사랑보다는 예의를 볼까봐 두려웠다.

저녁 때 응접실에 들어서면서 나는 피아노가 늘 있던 자리에 없는 것을 보고 놀랐다. 내가 실망의 탄성을 내지르자, 알리사가 더없이 차분한 목소리로 말했다.

"피아노는 수리중이야, 제롬."

"그러게 내가 거듭 말했잖니, 얘야." 외삼촌이 거의 꾸짖는 듯한 엄한 어조로 말했다. "이제까지 그럭저럭 쓸 만했으니 제롬이 떠날 때까지 기다렸다가 수리를 맡길 수도 있었잖아. 네가 서두르는 바람에 큰 즐거움 하나를 빼앗겼잖니……."

"하지만 아버지, 최근 들어 피아노 소리가 헛헛해져서 제롬도 칠 수 없었을 거예요." 그녀가 고개를 돌리고 얼굴을 붉히며 말했다.

"네가 칠 때 들어보니까 그 정도로 나쁘진 않던데." 외삼촌이 말했다.

그녀는 안락의자 커버의 치수를 재는 데 몰두한 것처럼 잠시 어두운 쪽으로 몸을 숙이고 있더니, 갑자기 응접실을 나갔다가 한참 후에야 외삼촌이 매일 저녁 드시는 탕약을 쟁반에 받쳐 들고 다시 나타났다.

그다음 날에도 그녀는 머리 모양과 블라우스를 바꾸지 않았다. 그녀는 집 앞 벤치에 아버지와 나란히 앉아 전날 저녁 내내 손에서 놓지 않았던 바느질감(바느질감이라기보다는 수선감)을 다시 붙들고 있었다. 그녀는 벤치나 테이블에 해진 양말이 가득 든 커다란 바구니를 올려두고 일감을 계속 꺼내들었다. 며칠 후에는 냅킨과 시트 차례였다……. 그녀는 그 일에 완전히 빠져든 것처럼 보였다. 그녀의 입술이 모든 표현을, 그녀의 눈이 모든 광채를 잃을 정도로.

"알리사!" 첫날 저녁 거의 알아볼 수 없을 정도로 시적인 정취를 잃은 그 얼굴에 질겁하다시피 한 내가 큰소리로 외쳤다. 내가 얼마 전부터 뚫어지게 쳐다보고 있었는데도, 그녀는 내 눈길을 못 느끼는 것처럼 보였다.

"왜 그래?" 그녀가 고개를 들며 물었다.

"내 말이 들리는지 보려고 그랬어. 네 생각이 나에게서 너무나 먼 곳에 가 있는 것 같아서."

"아니, 난 여기 있어. 깁는 일을 할 때는 집중해야 해서 그래."

"바느질을 하는 동안, 내가 책이라도 읽어줄까?"

"귀 기울여 들을 수 없을 것 같아."

"왜 그렇게 몰두해야 하는 일을 집어 드는 거야?"

"누군가는 해야 하니까."

"그런 일로 밥벌이를 할 가난한 여자들도 많아. 네가 절약을 하려고 그런 하찮은 일에 매달리는 건 아니잖니?"

그녀는 곧바로 어떠한 일도 그것보다 더 재미있지는 않으며, 오래전부터 다른 일들은 해보지 않아서 어떻게 하는지 다 잊어버렸다고 대답했다……. 그녀는 이렇게 말하면서 웃었다. 그녀의 목소리가 그 어느 때보다 부드러워서 나는 더욱더 슬펐다. 그녀의 표정은 이렇게 말하는 것 같았다. '지극히 당연한 걸 말할 뿐인데, 네가 왜 슬퍼해야 하니?' 내 마음 속에서 들끓는 모든 항변이 입술로 올라오지 못한 채 날 질식시켰다.

＊

그 다음다음 날, 함께 장미를 따고 있는데, 내가 그해 한 번도 들어가 보지 못한 그녀의 방으로 그것을 갖다달라고 그녀가 부탁했다. 나는 곧 얼마나 큰 희망에 부풀었던가! 왜냐하면 그때까지만 해도 나는 아직 내 슬픔을 내 탓으로 돌리고 있었으니까. 그녀의 말 한 마디만으로 내 마음이 치료되었을 테니까.

나는 그 방에 들어설 때 감동을 받지 않은 적이 없었다. 왜 그런지는 알 수 없지만, 그 방에는 내가 알리사를 알아볼 수 있는 일종의 감미로운 평화가 깃들어 있었다. 창문과 침대 주변에 친 커튼의 푸른 그림자, 반들거리는 마호가니 가구, 질서, 청결, 고요, 이 모든 것이 내 마음에 대고 그녀의 순수함과 사색에 잠긴 우아함을 얘기해줬다.

그날 아침, 나는 그녀의 침대 옆 벽에 내가 이탈리아에서 가져다준 마사치오의 커다란 사진 두 장이 더 이상 붙어 있지 않은 걸 보고 많이 놀랐다. 그녀에게 그것들을 어떻게 했느냐고 물어보러 가려는데, 내 눈길이 바로 그 옆에 있는, 그녀가 즐겨 읽는 책들을 꽂아두는 책꽂이에 가닿았다. 그 작은 책꽂이는 반은 내가 선물한 책으로, 반은 우리가 함께 읽었던 책들로 서서히 채워진 것이었다. 그 책들은 모두 없어지고, 그녀가 경멸감밖에 갖지 않았으면 하고 내가 바랐던 통속적이고 하찮은 신앙 서적들만 꽂혀 있었다. 문득 눈을 들자, 웃고 있는 알리사의 모습이 보였다. 그랬다, 그녀는 나를 쳐다보며 웃고 있었다.

"웃어서 미안해." 그녀가 말했다. "네 얼굴 표정 때문에 그래. 내 책꽂이를 보고는 너무나 갑자기 일그러져서……."

나는 전혀 농담을 할 기분이 아니었다.

"아니 정말, 알리사, 이게 네가 요즘 읽는 책들이야?"

"응. 왜 그렇게 놀라?"

"난 자양이 풍부한 양식에 길든 지성은 구역질을 느끼지 않고는 저 따위 허접한 것들을 맛볼 수 없다고 생각했어."

"난 널 이해할 수 없어. 저것들은 나름대로 최선을 다해 자신을 표현함으로써 단지 나와 얘기를 나누는 보잘것없는 영혼들이야. 난 그들과 함께 하는 게 즐거워. 난 미리 알아. 그들이 어떠한 미사여구의 덫에도 걸려들지 않을 것이고, 나 또한 그들을 읽으면서 어떠한 세속적인 찬탄에도 빠져들지 않으리라는 걸."

"그럼 이젠 이것들밖에 안 읽어?"

"거의. 그래, 몇 달 전부터는. 게다가 이젠 책을 읽을 시간도 많이 없어. 솔직히 최근에 네가 예전에 추천해줬던 위대한 작가들 중 한 사람의 책을 다시 읽어보려고 집었다가 성경에 나오는 사람, 제 키를 한 자쯤 늘리려고 애쓰는 사람의 꼴이 되고 말았어."

"너 자신에 대해 그토록 기괴한 생각을 갖게 한 그 '위대한 작가'가 도대체 누구야?"

"그 작가가 나에게 그런 생각을 갖게 만든 게 아냐. 내가 그의 책을 읽으면서 그런 생각을 갖게 된 거지…… . 바로 파스칼이었어. 어쩌면 내가 하필이면 덜 훌륭한 구절을 읽었을지도 모르고…… ."

내가 안달이 난 몸짓을 했다. 그녀는 하염없이 매만지고 있던 꽃 위쪽으로는 눈을 들지 않은 채, 마치 숙제를 암송하기라도 하듯, 단조로운 목소리로 또박또박 말했다. 그녀가 내 몸짓을 보고 잠시 말을 중단하더니 곧 같은 어조로 계속했다.

"그 많은 과장이 놀라워. 그 많은 노력도. 그것도 별것 아닌 걸 증명하려고. 난 가끔 그의 비장한 어조가 믿음보다는 의심의 결과가 아닌가 하는 생각이 들어. 완벽한 믿음을 가진 사람은 그토록 많은 눈물을 흘리지도, 목소리를 그렇게 떨지도 않아."

'그 목소리를 아름답게 만드는 게 바로 그 떨림, 그 눈물이야.' 난 이렇게 대꾸하려고 애썼지만 용기가 나질 않았다. 그녀의 말에서 내가 소중하게 여겼던 알리사의 모습을 전혀 알아볼 수 없었으니까. 나는 나중에 덧붙인 수식이나 논리를 없이 그냥 기억나는 대로 그녀의 말을 옮겨 적고 있다.

"그가 우선 현재의 삶에서 기쁨을 비워내지 않았다면, 그 삶이 무게가 더 많이 나갔을 거야…… ."

"뭐보다 더?" 그녀의 이상한 말에 아연실색한 내가 물었다.

"그가 제안하는 불확실한 지복보다."

"그럼 넌 지복을 안 믿는다는 거야?" 내가 외쳤다.

"아무래도 상관없어! 난 거래의 의심이 일체 없도록 그것이 불확실하게 남아 있길 원해. 주님을 사모하는 영혼이 덕행에 빠져드는 건 보상에 대한 희망이 아니라 타고난 고귀함 때문이야."

"파스칼 같은 사람의 고귀함이 은신처로 삼는 그 비밀스런 회의주의가 바로 거기서 연유하는 거야."

"회의주의가 아냐, 얀선주의*이지." 그녀가 웃으며 말했다. "회의주의든 얀선주의든 그게 나랑 무슨 상관이 있었겠어? 여기 이 가엾은 영혼들은—그녀는 그 책들을 향해 돌아섰다—자신이 얀선주의자인지, 정적주의자** 인지, 아니면 다른 어떤 것인지 말하라면 난처할 거야. 이 영혼들은 악의도, 혼란도, 아름다움도 없이, 바람이 훑고 지나가는 풀들처럼 주님 앞에서 납작 엎드릴 테니까. 이들은 자신을 보잘것없는 존재로 여기고, 자신이 주님 앞에서 흔적 없이 지워짐으로써만 약간의 가치를 지닌다는 걸 알고 있어."

"알리사! 넌 왜 네 날개를 떼어버리는 거니?" 내가 소리쳤다.

그녀의 목소리가 너무나 차분하고 자연스러워서, 나에겐 내 외침이 우스꽝스러울 정도로 과장된 것처럼 느껴졌다.

*네덜란드 신학자 얀센이 주창한 교의. 하느님의 은혜를 강조하고 인간의 자유의지를 부정했다.
**인간의 자발적, 능동적인 의지를 최대로 억제하고, 초인적인 신의 힘에 전적으로 의지해야 한다는 사상.

그녀가 고개를 저으며 또 다시 웃었다.

"이번에 파스칼을 읽고 내가 마음에 새긴 건⋯⋯."

"그게 뭔데?" 그녀가 말을 멈췄기 때문에 내가 물었다.

"그리스도의 이 말씀이야. '누구든 제 목숨을 구원하고자 하면 잃을 것이라.'" 그녀가 더 활짝 웃으면서, 나를 똑바로 쳐다보면서 말을 이었다. "사실 나머지는 거의 이해하지 못했어. 고만고만한 사람들과 더불어 얼마간 지내다보면, 위대한 사람의 숭고함에 얼마나 빨리 숨이 가빠지는지 정말 놀라워."

그 당혹감 속에서 내가 무슨 대답을 찾아낼 수 있었겠는가?

"내가 오늘 너와 함께 이 모든 설교와 명상을 읽어야 한다면⋯⋯."

"아니." 그녀가 내 말을 끊었다. "네가 이것들을 읽는 걸 본다면 난 너무나 슬플 거야! 난 네가 이것들보다 훨씬 나은 걸 위해 태어났다고 믿어."

그녀는 아주 담담하게, 우리 둘의 삶을 갈라놓는 그 말이 내 가슴을 찢어놓을 수 있다는 것을 짐작도 못하는 듯이 말했다. 내 얼굴이 벌겋게 달아올랐다. 나는 얘기를 더 나누고 싶었고, 울고 싶었다. 어쩌면 그녀가 내 눈물에 굴복할지도 몰랐다. 하지만 나는 벽난로에 팔꿈치를 기대고 두 손으로 머리를 감싼 채 더 이상 아무 말도 하지 않았다. 그녀는 차분하게 계속 꽃을 매만졌다. 내 고통을 전혀 보지 못한 채, 또는 그런 척 하면서⋯⋯.

그 순간, 식사 시간을 알리는 첫 번째 종소리가 울려 퍼졌다. "이러다간 옷도 못 갈아입고 점심 먹으러 내려가겠네. 어서 가봐." 그러고는 마치 이 모든 게 장난에 지나지 않았던 것처럼 말을 이었다. "이 대화는 나중에 다시 하도록 하자."

대화는 이어지지 않았다. 알리사는 끊임없이 날 피했다. 결코 그녀가 날 피해 다니는 것처럼 보이지는 않았지만, 우연히 생긴 일거리가 곧 훨씬 더 급하고 중요한 의무로 바뀌었다. 나는 차례를 기다렸다. 내 차례는 계속 새로 생겨나는 가사(家事)를 돌보고, 광에서 하기로 되어 있었던 작업을 감독하고, 소작인들을 방문하고, 그녀가 점점 더 많이 돌보던 빈민들을 살핀 다음에야 돌아왔다. 얼마 되지 않는 남는 시간이 내 차지였다. 나는 늘 분주한 그녀밖에 볼 수가 없었다. 하지만 어쩌면 나는 그 자잘한 일들 덕분에, 그리고 그녀를 쫓아다니는 것을 포기함으로써, 내가 받은 홀대를 덜 느꼈을지도 모른다. 말 몇 마디 섞기만 했어도 나는 그것을 더 확실하게 알 수 있었다. 알리사가 나에게 잠시 시간을 내줄 때도, 더없이 어색한 대화가 이어졌고, 그녀는 어린애 장난 대하듯 그 대화에 응했다. 그녀는 멍한 표정으로 빙긋이 웃으면서 재빨리 내 곁을 지나갔다. 나는 그녀가 전혀 알지 못했던 사람보다 더 멀어진 느낌이 들었다. 심지어 가끔 그녀의 웃음에서 어떤 도전, 적어도 어떤 아이러니를 본 것 같은, 그녀가 내 욕망을 요리조리 피해 다니며 즐기는 것 같은 생각이 들기도 했다……. 그러다 곧 질책하는 일에 빠져들고 싶지 않아서, 그리고 내가 그녀에게 무엇을 기대했는지, 그녀에게 무엇을 질책할 수 있는지 더 이상 알 수 없어서, 모든 불평을 나 자신에게로 돌렸다.

큰 행복을 기대했던 나날이 그렇게 흘러갔다. 나는 하루하루가 쏜살같이 달아나는 걸 놀란 눈으로 바라보긴 했지만, 날짜를 늘리고 싶지도, 흐름을 더디게 하고 싶지도 않았다. 그만큼 하루하루가 내 고통을 심화시켰다. 그렇지만 내가 떠나기 전전 날, 알리사가 방치된 이회암갱 벤치까지 날 따라나선 그날 ―안개가 끼지 않아 지평선까지 푸르스름하게 물든 세부 하나하나를 구분할 수 있고, 과거 속에서 가장 아련한 기억까지 헤아릴 수 있는 맑은 가을날 저녁이었다 ―나는 참지 못하고 어떤 행복을 떠나보냈기에 내가 오늘 이렇게 불행한지 보여주며 하소연을 늘어놓았다.

그녀가 곧바로 대답했다. "하지만 내가 뭘 할 수 있겠니? 넌 환영을 사랑하고 있는 거야."

"아냐, 결코 환영이 아냐, 알리사."

"상상 속의 인물이지."

"아냐! 내가 만들어낸 게 아냐. 그녀는 내 연인이었어. 난 그녀를 불러. 알리사! 알리사! 당신은 내가 사랑한 여자였어. 도대체 당신 자신을 어떻게 한 거야? 무엇이 되려 한 거야?"

그녀는 고개를 숙인 채 천천히 꽃잎을 뜯으면서 잠시 아무 대답도 않고 있었다. 그러고는 마침내,

"제롬, 왜 간단하게 날 덜 사랑한다고 털어놓지 않니?"

"사실이 아니니까! 사실이 아니니까!" 내가 화가 나서 부르 짖었다. "지금보다 널 더 간절하게 사랑한 적이 없으니까."

"날 사랑한다⋯⋯. 하지만 넌 예전의 날 그리워하잖아!" 그녀가 웃으려고 애쓰며, 어깨를 약간 으쓱하며 말했다.

"난 내 사랑을 과거로 돌릴 수 없어."

내 발 아래에서 땅이 꺼졌다. 그래서 난 아무것에나 매달렸다⋯⋯.

"사랑도 나머지 것들과 함께 지나갈 거야."

"이런 사랑은 지나가지 않아. 날 데리고 간다면 모를까."

"서서히 약해질 거야. 네가 아직 사랑한다고 주장하는 그 알리사는 이미 네 기억 속에서만 존재해. 언젠가 네가 단지 그녀를 사랑했다고 기억하게 될 날이 올 거야."

"넌 마치 내 마음 속에서 아무것도 아닌 것이 그녀를 대신할 수 있는 것처럼, 마치 내 마음이 사랑하길 그만둬야 하는 것처럼 말하고 있어. 네가 날 사랑했다는 걸 더는 기억하지 못하는 거야? 어떻게 이런 식으로 날 고문하는 걸 즐길 수가 있어?"

나는 그녀의 파리한 입술이 떨리는 것을 보았다. 거의 알아들을 수 없는 목소리로 그녀가 중얼거렸다.

"아냐, 아냐, 알리사 안에서 그건 변하지 않았어."

"그럼 아무것도 변하지 않은 거야." 내가 그녀의 팔을 잡으며 말했다…….

더 단호한 목소리로 그녀가 말했다.

"단 한 마디면 모든 게 설명될 거야. 그런데 넌 왜 감히 그 말을 못 하니?"

"무슨 말?"

"내가 나이 들었다는 말."

"입 다물어……."

나는 곧바로 나도 그녀만큼이나 나이가 들었다고, 우리의 나이 차는 여전히 똑같다고 항의했다……. 하지만 그녀가 이미 자신을 추스른 후였다. 유일한 순간이 이미 지나가버렸다. 언쟁에 빠져드는 바람에 나는 모든 우위를 내 발로 걷어차고 말았다. 나는 발을 디딜 곳이 없어 허우적거렸다.

이틀 후, 나는 그녀와 나 자신에 대해 불만을 품은 채, 내가 아직 '덕성'이라 불렀던 것에 대한 막연한 증오로, 내 마음을 일상적으로 점거하는 것에 대한 앙심으로 가득한 채 퐁괴즈마르를 떠났다. 이 마지막 재회에서 나는 내 사랑을 과장함으로써 내 모든 열정을 고갈시켜버린 것 같았다. 내 항변이 입을 다문 후에는, 내가 처음에 반박하고자 했던 알리사의 말 한 마디한 마디가 내 안에 생생하고 의기양양하게 남아 있었다. 그랬다! 어쩌면 그녀의 말이 옳을지도 몰랐다! 내가 환영에 불과한 것을 애지중지하고 있었는지도 몰랐다. 내가 사랑했고 아직 사랑하는 알리사는 더 이상 존재하지 않을지도……. 그랬다! 분명 우리는 나이가 들어버렸다! 내 마음을 얼어붙게 만든 그 시적인 정취의 상실 역시 결국에는 자연스런 상태로 되돌아간 것일 뿐, 아무것도 아니었다. 내가 그녀를 점점 더 높이 떠받들었다면, 날 반하게 만든 모든 것으로 그녀를 장식해 우상으로 만들었다면, 내 작업에서 피로 말고 무엇이 남겠는가? ……자기 자신에게 내맡겨지자마자, 알리사는 그녀의 본래 수준, 나 역시 그 수준에 있지만 더는 그녀를 욕망하지 않는 평범한 수준으로 되돌아왔던 것이다. 아! 오로지 내 노력으로 그녀를 데려다 놓은 그 높은 곳까지 그녀를 만나러 가기 위해 내가 쏟은 그 엄청난 도덕적 노력이 얼마나 부조리하고 비현실적으로 보였는지. 조금 덜 오만했다면, 아마 우리의 사랑은 훨씬 쉬웠을 것이다……. 하지만 이제 대상 없는 사랑에 집착한들 무슨 의미가 있겠는가. 그것은 고집을 부리는 것이지 더 이상 충실한 것이 아니었다. 무엇에 대한 충실? 실수에 대한 충실. 가장 현명한 것은 내가 잘못 생각했다고 스스로 인정하는 게 아니었을까?

그사이 아테네의 에콜 프랑세즈*에 추천을 받은 나는 야망도 흥미도 없었지만 탈출하듯이 떠난다는 생각에 대뜸 그 학교에 들어가기로 했다.

---

*고대 그리스의 역사, 언어, 문화 등을 연구하기 위해 아테네에 설립된 프랑스의 국립대학.

VIII

그럼에도 나는 알리사를 다시 만났다⋯⋯. 3년 후, 여름이 끝날 무렵이었다. 열 달 전 나는 그녀로부터 외삼촌이 돌아가셨다는 전갈을 받았다. 당시 여행 중이던 팔레스타인에서 내가 곧바로 제법 긴 편지를 썼지만 그녀의 답장은 없었다⋯⋯.

무슨 구실로 그랬는지는 잊었지만, 르아브르에 들르게 된 나는 자연스런 노정에 따라 퐁괴즈마르까지 갔다. 알리사가 거기 있다는 건 알고 있었지만, 혼자가 아닐까봐 두려웠다. 내가 왔다는 걸 알리지 않았다. 일상적인 방문처럼 모습을 드러내는 게 싫어서 나는 마음을 정하지 못한 채 나아갔다. 내가 들어갈 수 있을까? 아니면 그녀를 보지 않고, 보려고도 하지 않고 다시 올라가버릴까? ⋯⋯아마도 그럴 것이다. 나는 단지 가로수 길을 거닐 것이고, 그녀가 아직도 가끔 찾을지 모르는 벤치에 앉을 것이다……. 이미 나는 내가 떠난 후에 그녀에게 내가 다녀갔다는 사실을 알리기 위해 어떤 표시를 남겨두고 가야 할지 궁리하고 있었다……. 나는 이런 생각을 하며 느린 걸음으로 걸었다. 그녀를 만나지 않기로 마음을 정하자, 내 가슴을 옥죄던 약간 씁쓸한 슬픔이 거의 달콤한 우수로 변했다. 나는 벌써 가로수 길에 이르러 있었다. 나는 눈에 띨까 두려워 농가 마당의 경계에 있는 비탈을 따라 길 가장자리로 걸었다. 나는 정원이 한 눈에 내려다보이는 비탈의 한 지점을 알고 있었다. 나는 그곳으로 올라갔다. 낯선 정원사가 갈퀴로 오솔길을 정리하더니 곧 내 시야에서 벗어났다. 새 울타리가 마당을 에워싸고 있었다. 내가 지나가는 소리를 듣고 개가 짖었다. 좀 더 앞쪽, 가로수길이 끝나는 곳에서 오른쪽으로 꺾자 정원 담장이 나왔다. 방금 벗어난 가로수 길과 나란히 있는 너도밤나무 숲 쪽으로 가려고 텃밭의 작은 문 앞을 지나는데, 그 문을 통해 정원으로 한 번 들어가 볼까 하는 생각이 불쑥 들었다.

문은 잠겨 있었다. 하지만 안쪽 빗장이 그리 튼튼하질 못해서 어깨로 세게 밀면 부러질 것 같았다……. 바로 그 순간, 나는 발소리를 들었다. 나는 담장이 움푹 들어간 곳에 몸을 숨겼다.

정원에서 나오는 사람이 누군지 보이진 않았지만, 나는 그것이 알리사라는 걸 들었고 느꼈다. 그녀가 서너 걸음 앞으로 나서더니 희미하게 불렀다.

"제롬……, 너니?"

격렬하게 뛰던 내 심장이 멈췄다. 꽉 메인 내 목에서는 말 한 마디 나올 수 없었기에, 그녀가 이번에는 더 크게 불렀다.

"제롬! 너야?"

이렇게 그녀가 날 부르는 소리를 듣자, 생생한 감동이 너무나 격렬하게 가슴을 조여와 나는 털썩 무릎을 꿇고 말았다. 내가 계속 대답을 하지 않자, 알리사가 앞으로 몇 걸음 내디뎌 담장을 돌았다. 나는 갑자기 바로 내 앞에 와 있는 그녀를 느꼈다. 그녀를 곧바로 보기가 두려운 것처럼 팔로 얼굴을 가리고 있는 내 앞에. 그녀가 잠시 나를 향해 몸을 숙이고 있는 동안, 나는 그녀의 가냘픈 손에 대고 마구 입을 맞추었다.

"왜 숨어 있었어?" 그녀는 3년간의 이별이 단 며칠밖에 되지 않은 것처럼 담담하게 말했다.

"나라는 걸 어떻게 알았어?"

"널 기다렸으니까."

"날 기다렸다고?" 나는 너무나 놀라 그녀의 말을 의문형으로 반복할 수밖에 없었다……. 내가 계속 무릎을 꿇고 있었기 때문에 그녀가 말했다.

"우리, 벤치로 가자. 그래, 널 한 번 더 만나야 하리란 걸 알고 있었어. 그래서 사흘 전부터 매일 저녁 여기 나와서 방금 했던 것처럼 널 불렀어……. 넌 왜 대답을 안 했니?"

"네가 갑자기 나타나지 않았다면, 난 널 만나지 않고 가버렸을 거야." 처음에 날 기절시킬 것만 같던 마음의 동요를 억지로 억누르며 내가 말했다. "난 그저 르아브르에 들른 김에 가로수 길도 거닐고, 정원 주변도 돌아보고, 네가 아직도 앉으러 올지도 모른다고 생각한 이 이회암갱 벤치에 앉아 잠시 쉬다가……."

"내가 사흘 전부터 여기 와서 뭘 읽는지 봐." 그녀가 내 말을 끊으며 이렇게 말하고는 나에게 편지 묶음을 내밀었다. 나는 내가 이탈리아에서 그녀에게 보낸 편지들을 알아보았다. 그 순간, 나는 눈을 들어 그녀를 쳐다보았다. 그녀는 놀라울 정도로 변해 있었다. 몰라보게 야위고 창백한 그녀의 모습이 내 가슴을 끔찍할 정도로 아프게 했다. 그녀는 온 체중을 실어 내 팔에 기댄 채 마치 무섭거나 춥기라도 한 것처럼 나에게 몸을 바싹 갖다 댔다. 그녀는 아직도 정식 상복 차림이었는데, 그녀가 모자 삼아 쓴 검은색 레이스가 얼굴을 둘러싸고 있어서 더 창백해 보였다. 그녀는 웃고 있었지만 곧 쓰러질 것만 같았다. 내가 걱정이 돼서 퐁괴즈마르에서 혼자 지내는지 물어봤다. 아니었다. 로베르가 그녀와 함께 살고 있었다. 쥘리에트와 에두아르, 그리고 그들의 세 아이도 8월 한 달을 그들 곁에서 지냈다고 했다……. 우리는 벤치에 이르렀다. 우리는 앉았고, 대화는 잠시 진부한 소식을 따라 흘러갔다. 그녀가 내 공부에 대해 물었다. 나는 마지못해 대답했다. 나는 공부가 더 이상 내 관심을 끌지 못한다는 것을 그녀가 느껴주길 바랐다. 그녀가 날 실망시켰던 것처럼 나도 그녀를 실망시키고 싶었다. 내가 성공을 했는지는 모르겠지만, 그녀는 아무 내색도 하지 않았다. 앙심과 사랑으로 가득했던 나는 되도록 냉랭하게 말하려고 애썼고, 때때로 목소리가 떨릴 때마다 마음의 동요를 억누르지 못하는 나 자신을 원망했다.

얼마 전부터 구름에 가려져 있던 석양이 지평선 저 멀리, 거의 우리 맞은편에 다시 나타나 텅 빈 들판을 끓어오르는 금빛으로 물들이고, 우리 발아래 펼쳐진 협곡을 갑작스럽게 풍성한 광채로 가득 채웠다. 그러고는 사라졌다. 나는 넋이 빠져 말없이 앉아 있었다. 나는 또다시 일종의 금빛 황홀이 나를 감싸고 내 안으로 스며드는 것을 느꼈다. 그러자 내가 품은 앙심은 증기처럼 사라지고, 이제 내 안에서는 사랑의 속삭임밖에 들려오지 않았다. 나한테 기대 움츠리고 있던 알리사가 몸을 일으켰다. 그녀가 블라우스에서 얇은 종이로 싼 작은 상자를 꺼내 나한테 건네려고 하다가 결정을 못 내리겠는지 멈췄다. 내가 놀란 표정으로 쳐다보자 그녀가 말했다.

"있잖아, 제롬, 이 안에 든 건 내 자수정 십자가야. 사흘 전부터 갖고 왔어. 오래전부터 너한테 주고 싶었거든."

"나더러 그걸 어쩌라고?" 내가 다소 거칠게 물었다.

"날 기념해 네가 간직해줬으면 좋겠어. 네 딸아이를 위해."

"내 딸? 무슨 딸?" 무슨 말인지 이해하지 못한 내가 알리사를 쳐다보며 소리쳤다.

"진정하고 내 말 좀 들어봐, 제발 부탁이야. 아니, 그런 눈으로 날 쳐다보지 마. 날 쳐다보지 마. 난 이미 너한테 말하기도 많이 힘들어. 하지만 이 말만은 너한테 꼭 하고 싶어. 있잖아, 제롬, 너도 언젠가는 결혼을 하겠지? ……아니, 대답하지 마. 내 말 끊지 마, 제발 부탁이야. 난 단지 내가 널 많이 사랑했다는 걸 네가 기억해줬으면 좋겠어. 그리고…… 이미 오래전부터…… 3년 전부터…… 네가 좋아했던 이 작은 십자가를 네 딸이 언젠가 날 기념해 목에 걸고 다녔으면 좋겠다는 생각을 했어. 오! 누구 것인지는 모른 채 말이야……. 혹시 그 아이한테…… 내 이름을 붙여줄 수도…….”

그녀가 목이 메어 말을 멈췄다. 내가 거의 적의를 품고 외쳤다.

“왜 네가 직접 주지 않고?”

그녀는 또다시 말을 하려고 애를 썼다. 그녀의 입술이 흐느끼는 아이의 입술처럼 부들부들 떨렸다. 그렇지만 그녀는 울지 않았다. 그 눈길의 놀라운 광채가 초인간적인, 천사 같은 아름다움으로 그녀의 얼굴을 가득 채웠다.

“알리사! 내가 도대체 누구랑 결혼을 하겠니? 내가 너밖에 사랑할 수 없다는 건 너도 잘 알잖아…….” 갑자기 미친 듯이, 거의 난폭하게 그녀를 끌어안으며 나는 그녀의 입술에 키스를 퍼부었다. 몸을 내맡긴 것처럼 허리를 반쯤 뒤로 젖히고 있는 그녀를 나는 잠시 끌어안고 있었다. 나는 그녀의 눈길이 흐려지는 것을 보았다. 그녀의 눈이 감기면서, 그 무엇도 견줄 수 없는 정확함과 선율이 담긴 목소리가 말했다.

"우리를 불쌍히 여겨, 제롬! 아! 우리의 사랑을 망치지 마."

어쩌면 그녀가 이렇게도 말했을지 모른다. "비열하게 행동
하지 마!" 아니면 내가 나 자신에게 그렇게 말했거나. 나도 모
르겠다. 나는 그녀 앞에 털썩 무릎을 꿇으며, 그녀를 두 팔로
경건하게 감싸 안으며 말했다.

"날 그토록 사랑한다면, 왜 늘 날 밀어냈던 거야? 생각해봐!
난 처음에 쥘리에트의 결혼을 기다렸어. 그 아이가 행복해질
때까지 네가 기다리는 줄 알았으니까. 그녀는 이제 행복해. 네
입으로 그렇게 말했잖아. 난 오랫동안 네가 네 아버지 곁에 계
속 머물길 원하는 줄 알았어. 하지만 이제 이렇게 우리 둘뿐이
잖아."

"오! 우리, 지난 일은 후회하지 말기로 해." 그녀가 중얼거
렸다. "난 이제 페이지를 넘겼어."

"아직 안 늦었어, 알리사."

"아니, 제롬, 이미 늦었어. 사랑에 의해, 우리가 서로를 위
해 사랑보다 나은 것을 어렴풋이 보았던 날 이미 늦어버렸던
거야. 네 덕분에 내 꿈이 하도 높이 올라가서, 어떠한 인간적인
만족도 그걸 실추시키고 말았을 거야. 난 우리가 함께 했다면
그 삶이 어땠을까 자주 생각해봤어. 그게 더 이상 완벽하지 않
은 순간, 나는 견뎌낼 수가 없었을 거야…… 우리의 사랑을."

"서로를 잃은 우리의 삶이 어떨지도 생각해봤어?"

"아니! 결코."

"지금, 보고 있잖아! 난 3년 전에 너를 잃고 이렇게 고통스럽게 떠돌고 있어……."

어둠이 내렸다.

"추워." 그녀가 일어서며 말했다. 그녀는 내가 그녀의 팔을 다시 잡을 수 없게 온몸을 숄로 몸을 꽁꽁 싸맸다. "우리를 불안하게 했고, 우리가 잘 이해하지 못할까봐 두려워했던 성경 구절 기억나지. '그들은 그들에게 약속된 것을 얻지 못했다. 주님께서 더 좋은 것을 위해 그들을 아껴두셨으므로…….'"

"넌 아직도 그 말씀을 믿니?"

"믿어야 해."

우리는 더 이상 아무 말도 하지 않은 채 얼마 동안 나란히 걸었다. 그녀가 다시 입을 열었다.

"그걸 상상해봐, 제롬. 가장 좋은 것을!" 그녀가 '가장 좋은 것!'을 다시 한 번 반복하는데, 갑자기 그녀의 눈에서 눈물이 솟구쳤다.

우리는 내가 조금 전에 그녀가 나오는 것을 봤던 텃밭의 작은 문으로 다시 돌아왔다. 그녀가 나를 향해 돌아서며 말했다.

"안녕! 아니, 여기서 헤어져. 안녕, 내 사랑. 이제 시작될 거야…… 그 가장 좋은 것이."

그녀는 잠시 나를 바라보았다. 날 붙드는 동시에 밀쳐내면서, 팔을 뻗어 내 어깨에 손을 올려놓고, 눈에는 형언할 수 없는 사랑을 담은 채…….

문이 닫히자마자, 빗장을 거는 소리가 들리자마자, 나는 극
도의 절망에 사로잡혀 그 문에 기대 쓰러졌다. 그러곤 어둠 속
에서 오랫동안 눈물을 쏟으며 흐느꼈다.

그녀를 붙들지 그랬느냐고? 문을 부수고 들어가지 그랬느
냐고? 출입이 금지된 것도 아닌데, 어떻게든 집 안으로 들어가
지 그랬느냐고? 아니, 그럴 수는 없었다. 이 모든 것을 다시 살
기 위해 과거로 되돌아가는 지금 생각해봐도…… 아니, 그건
나에게 불가능했다. 지금 나를 이해하지 못하는 사람은 그때도
전혀 이해하지 못했을 것이다.

불안해서 견딜 수가 없었던 나는 며칠 후 쥘리에트에게 편지
를 썼다. 나는 그녀에게 나의 퐁괴즈마르 방문에 대해 얘기하
고, 알리사가 너무 여위고 창백해서 무척 걱정이 된다고 말했
다. 나는 그녀에게 그 점을 유의해달라고, 내가 더 이상 알리사
로부터 기대할 수 없게 된 소식을 꼭 좀 전해달라고 부탁했다.

한 달도 채 안 되어, 난 이 편지를 받았다.

그리운 제롬 오빠,

오빠에게 몹시 슬픈 소식을 전하게 됐어. 우리의 가엾은 알
리사는 이제 이 세상에 없어…… 아아! 오빠가 편지로 표현
한 두려움은 결코 근거가 없는 게 아니었어. 어디가 확실히 아

픈 건 아니었지만, 언니는 몇 달 전부터 나날이 쇠약해져 갔어. 내 간청에 못 이겨 르아브르의 A박사에게 진찰을 받아보기로 했는데, 그 박사 편지로는 심각한 게 전혀 없다는 거야. 그런데 오빠가 다녀가고 사흘 후, 언니가 갑자기 퐁괴즈마르를 떠났대. 나도 로베르의 편지를 받고 언니가 떠난 걸 알았어. 언니가 나한테 편지를 쓰는 일이 워낙 드물어서 로베르가 없었으면 나도 언니가 집을 나간 걸 까맣게 모르고 있었을 거야. 언니한테서 소식이 없어도 당장 걱정을 하지는 않았을 테니까. 왜 그렇게 그냥 떠나게 내버려뒀냐고, 왜 파리까지 동행하지 않았느냐고 내가 로베르를 심하게 꾸짖었어. 믿기 힘들겠지만, 우린 그때부터 언니의 주소도 모르고 지냈어. 언니를 만나볼 수도, 편지를 쓸 수도 없었으니 내가 얼마나 애가 탔을지 생각해봐. 로베르가 며칠 후에 파리로 올라갔지만 아무것도 찾아낼 수가 없었어. 워낙 게으른 아이라 열심히 찾아보긴 했을까 의심이 들었어. 결국 경찰에 알려야만 했지. 불확실한 상태로 계속 애만 태우며 있을 순 없었으니까. 에두아르가 파리로 올라갔고, 사방팔방 수소문 끝에 마침내 알리사가 은신해 있던 작은 요양원을 찾아냈어. 불행히도 너무 늦게! 나는 언니의 죽음을 알리는 요양원 원장의 편지와 언니를 만나볼 수조차 없었던 에두아르의 전보를 동시에 받았어. 마지막 날 언니는 우리가 기별을 받을 수 있게 봉투 하나에는 우리 주소를 썼고, 다른 봉투에는 유언을 담아 르아브르의 우리 공증인에게 보낸 편지의 사본을 넣었어. 이 편지의 한 구절은 오빠와 관련된 것 같아. 내가 다음에 알려주도록 할게. 에두아르와 로베르는 그제 열린 장례식에 참석할 수 있었어. 운구를 한 건 그들만이 아니었어. 요양원 환자 몇 사람이 장례식에 참석하고 싶다고, 묘지까지 시신을 동행하고 싶다고 고집을 부렸어. 다섯 번째 아이의 출산을 오늘내일 기다리고 있는 나로서는 불행하게도 장례식에 참석할 수가 없었어.

오빠, 언니의 죽음이 오빠에게 야기할 깊은 슬픔을 나도 알아. 나도 비통한 마음으로 이 편지를 쓰고 있어. 이틀 전부터 자리에 누워 있어야만 해서 편지 쓰기가 힘들지만, 우리 둘 말고는 깊이 아는 사람이 없을 언니에 대해 말하는 건 다른 어느 누구에게도, 심지어 에두아르나 로베르에게도 맡기고 싶지 않았어. 나도 이제 나이든 가정주부가 다 됐고, 많은 재가 뜨거운 과거를 덮어버린 지금, 오빠와의 재회를 바라도 괜찮을 것 같아. 언제라도 볼일이 있거나 여행 삼아 님 근처에 오게 되면, 에그비브에도 들러줘. 에두아르도 오빠를 알게 되면 기뻐할 거고, 우리 둘이 알리사 얘기도 할 수 있을 거야. 안녕, 내 그리운 제롬. 내 슬픈 마음을 전하며.

며칠 후, 나는 알리사가 퐁괴즈마르를 로베르에게 남기면서 자기 방에 있는 모든 물건과 그녀가 꼽은 가구 몇 점을 쥘리에트에게 보내달라고 부탁했다는 것을 알았다. 그녀가 내 앞으로 봉인해 남긴 서류는 머지않아 도착할 예정이었다. 나는 또한 그녀가 그 작은 자수정 십자가, 내가 마지막 방문 때 받기를 거절했던 그 자수정 십자가를 자기 목에 걸어달라고 부탁했다는 것을 알았다. 나는 그 부탁이 이행되었다는 것을 에두아르를 통해 들었다.

공증인이 나에게 보낸 봉인된 봉투에는 알리사의 일기가 들어 있었다. 여기 몇 페이지를 옮겨 적는다……. 아무 설명 없이 그냥 옮겨 적는다. 여러분은 내가 이 일기를 읽으면서 한 생각들, 내가 불완전하게 보여줄 수밖에 없을 내 마음의 격렬한 동요를 충분히 상상할 수 있을 것이다.

알리사의 일기

애그비브

그제께, 르아브르 출발, 어제 님 도착. 나의 첫 번째 여행! 내 스물다섯 번째 생일인 1880년 5월 23일, 집안일, 부엌일 걱정이 없어 한가한 틈을 타 일기를 쓰기 시작한다. 큰 재미는 없지만 외로움을 달래려고. 왜냐하면 내가 아직 잘 모르는 이 땅, 거의 낯선 이 땅에서 난생 처음 혼자라고 느끼기 때문이다. 이 땅이 나에게 말해줄 것은 아마 노르망디가 나에게 얘기해줬던 것, 내가 퐁괴즈마르에서 지치지 않고 귀 기울여 들었던 것과 비슷할 것이다. 왜냐하면 주님은 어디에 계시든 다르지 않으니까. 하지만 이 남쪽 땅은 내가 배운 적이 없는, 내가 깜짝 놀라 귀를 기울이게 되는 언어를 말한다.

5월 24일

　탁 트인 회랑, 쥘리에트는 내 옆에 놓인 긴 의자에서 졸고 있다. 이 회랑은 이 이탈리아식 주택의 매력으로, 모래가 깔린 안마당과 바로 통하고, 안마당은 다시 정원으로 이어진다……. 쥘리에트는 긴 의자에서 일어나지 않고도 잔디밭이 심한 기복을 그리면서 얼룩덜룩 오리 떼가 노닐고 백조 한 쌍이 유유히 헤엄치는 연못까지 펼쳐지는 것을 볼 수 있다. 비가 안 오는 여름에도 마른 적이 없다는 개울이 연못을 채우고는, 멀어질수록 점점 야생의 숲으로 변해가는 정원을 가로질러 흐르다가, 메마른 벌판과 포도밭 사이에서 점점 좁아져서 이내 완전히 사라진다.

　……어제는 내가 쥘리에트 곁을 지키는 동안 에두아르 테시에르가 아버지에게 정원, 농장, 포도주 저장실, 포도밭을 구경시켜드렸다. 그래서 오늘 아침에는 이른 시각부터 나 혼자 정원으로 나가 이것저것 둘러보며 첫 산책을 할 수 있었다. 이름을 알고 싶은 낯선 풀과 나무들이 많아서, 점심 때 뭐라고 부르는지 물어보려고 잔가지를 하나씩 꺾어본다. 개중에서 제롬이 보르게제나 도리아 팜필리 공원에서 보고 감탄해마지 않았던 털가시나무는 나도 알아본다……. 우리 노르망디 지방의 나무들과는 너무나 먼 친척간이라 모양새가 많이 다르다. 정원이 거의 끝나는 곳에서 좁다랗고 신비로운 빈터를 에워싸고 서 있는 그 나무들은 부드럽게 밟히는 잔디밭 위로 마

치 요정들의 합창을 유도하듯 가지를 드리운다. 퐁괴즈마르에서는 그토록 기독교적이었던 자연에 대한 내 감정이 여기서는 약간 신화적으로 변하는 것이 놀라웠고, 거의 겁이 났다. 그렇지만 나를 점점 더 짓눌렀던 그 두려움 비슷한 것도 여전히 종교적인 것이었다. 내가 '이곳은 성스러운 숲이니'라고 중얼거렸으니까. 공기가 수정처럼 맑았고, 사방이 이상하리만치 고요했다. 바로 옆에서 독특한 새소리가 울려 퍼졌을 때, 나는 오르페우스*와 아르미드**를 떠올렸다. 그 소리가 너무나 비장하고 순수해서 문득 온 자연이 그것을 기다리고 있었던 것 같은 느낌이 들었다. 내 가슴이 아주 세차게 고동쳤다. 그래서 잠시 나무에 기대고 있다가, 사람들이 일어나기 전에 집으로 돌아왔다.

5월 26일

제롬에게는 여전히 소식이 없다. 그가 르아브르로 편지를 보냈다면, 다시 이리로 발송이 되었을 텐데……. 나는 불안한 마음을 이 일기장에 털어놓을 수밖에 없다. 어제는 보(Baux)로 소풍을 나가기도 했고 매일 기도를 드려보기도 했지만 사흘

*그리스 신화의 시인이자 음악가. 하프의 명인으로 그 놀라운 연주 솜씨로 아내 에우리디케를 명계에서 구해내지만 지상에 오르기까지 뒤돌아보아선 안 된다는 하데스의 명을 어겨 다시 잃고 만다.
**이탈리아 시인 타소의 서사시 〈해방된 예루살렘〉에 등장하는 여자 마법사. 기사 르노를 유혹하여 비밀의 정원에 가두었으나 그와 사랑에 빠졌고, 진실을 고백한 후 버림받아 쓸쓸히 죽음을 맞이한다.

전부터는 잠시도 불안에서 헤어날 수가 없었다. 오늘은 여기에 다른 것은 아무것도 쓸 수가 없다. 애그비브에 도착한 이래로 날 괴롭히는 이 이상한 우수에는 아무래도 다른 이유는 없지 싶다. 그 우수가 내 마음속 워낙 깊은 곳에서 느껴져서 이제는 그것이 오래전부터 거기 있었고, 내가 자랑스러워 한 기쁨도 그것을 잠시 덮었을 뿐이라는 생각이 든다.

5월 27일

내가 왜 나 자신을 속이겠는가? 내가 쥘리에트의 행복을 기뻐하는 것은 추론에 의해서다. 내가 그토록 바랐던 그 행복, 그것을 위해서라면 내 행복을 희생하고자 했을 정도로 바랐던 그 행복이 아무 고통 없이 얻어지는 것을 보니, 그것이 그 아이와 내가 상상했던 것과는 사뭇 다르다는 것을 알게 되니 마음이 심히 괴롭다. 오, 이 얼마나 복잡한가! 그렇다……. 되돌아온 나의 끔찍한 이기심이 쥘리에트가 나의 희생이 아닌 다른 곳에서 행복을 찾았다는 사실에, 내 희생이 없었어도 그 아이가 행복해질 수 있었다는 사실에 화가 나 있다는 것을 나는 분명히 느낀다.

제롬의 침묵이 날 얼마나 불안하게 만드는지 절실히 느끼는 지금, 나는 이렇게 자문해본다. 그 희생은 내 가슴속에서 정말로 완수되었을까? 나는 주님께서 더는 나에게 그것을 요구하지 않아 모욕감을 느끼고 있는 셈이다. 그렇다면 나에게

176

는 그런 희생을 할 능력이 아예 없었던 것일까?

5월 28일

이렇게 내 슬픔을 분석하는 것은 얼마나 위험한 일인지! 나는 벌써 이 일기장에 집착하고 있다. 내가 극복했다고 믿었던 교태어린 허영심이 여기서 제 권리를 되찾는 것일까? 아니, 이 일기가 내 영혼이 치장을 하는 자기만족의 거울이 되지는 않기를! 내가 일기를 쓰는 것은 내가 처음에 생각했던 것처럼 한가해서가 아니라 내 영혼이 슬프기 때문이다. 슬픔은 내가 더는 알지 못했던, 내가 증오하는, 그리고 거기서 내 영혼을 '벗어나게' 하고 싶은 '죄의 상태'다. 이 일기장은 내가 내 안에서 행복을 다시 얻어내도록 도와야 한다.

슬픔은 하나의 복잡한 얽힘이다. 나는 결코 내 행복을 분석하려고 애써본 적이 없다.

퐁괴즈마르에서도 나는 이만큼, 아니, 이보다 더 외로웠다……. 그런데 왜 그때는 외로움을 느끼지 않았을까? 제롬이 이탈리아에서 나에게 편지를 보냈을 때, 나는 그가 나 없이 보고, 나 없이 사는 것을 받아들였다. 나는 생각으로 그를 따라다녔고, 그의 기쁨을 내 것으로 삼았다. 나는 지금 나도 모르게 그를 부른다. 그가 없으니 내가 보는 모든 새로운 것들이 귀찮기만 하다…….

6월 10일

막 시작했던 이 일기의 오랜 중단. 아기 리즈의 탄생. 쥘리
에트 밤샘 간호. 제롬에게 쓸 수 있는 모든 것을 여기 쓰자니
전혀 즐겁지가 않다. 많은 여자들이 공통적으로 갖고 있는 결
점, '너무 많이 쓰는' 결점으로부터 나 자신을 지키고 싶다. 이
일기장을 자기완성의 도구로 여길 것.

뒤이은 몇 페이지는 독서 중에 써놓은 메모, 베껴 쓴 구절
등등으로 채워져 있다. 그러고는 다시 퐁괴즈마르에서 쓴 일기
가 나온다.

7월 16일

쥘리에트는 행복하다. 자기 입으로 그렇다고 말하고, 또 그
래 보인다. 나에게는 그것을 의심할 권리도 이유도 없다…….
지금 내가 그 아이 곁에서 느끼는 불만과 불편의 감정은 어디
서 오는 걸까?…… 아마도 그 축복이 너무나 현실적이고, 너
무나 쉽게 얻어지고, 너무나 완벽하게 '맞춤형'이라 영혼을 죄
고 질식시키는 것처럼 느껴져서 그럴 것이다…….

나는 이제 내가 바라는 것이 정말 행복인지, 아니면 행복을
향한 노정인지 자문해본다. 오, 주님! 제가 너무 빨리 도달할
수 있을 행복으로부터 저를 지켜주소서! 저의 행복을 주님에
게까지 미루고, 물러나게 하는 법을 가르쳐주소서!

여기서부터 여러 페이지가 뜯겨 있었다. 아마도 힘들었던 우리의 르아브르 재회에 관해 적은 부분인 것 같았다. 일기는 해를 넘기고 나서야 다시 시작되었다. 날짜는 기록되어 있지 않았지만, 분명히 내가 퐁괴즈마르에 머물 때 쓴 것들이었다.

가끔 그의 말에 귀를 기울이다 보면 생각을 하고 있는 나 자신을 바라보는 느낌이 든다. 그는 나에게 설명을 하고, 그럼으로써 나에게 나 자신을 드러낸다. 내가 그 없이 존재할 수 있을까? 나는 그와 더불어서만 존재한다……

가끔 내가 그에게 느끼는 감정이 정말 사람들이 사랑이라 부르는 것인지 망설여진다. 사람들이 보통 사랑에 대해 하는 묘사가 내가 그것에 대해 할 수 있을 묘사와 그만큼 다르기 때문이다. 나는 아무것도 말해지지 않았으면 좋겠다. 그를 사랑한다는 사실을 알지 못한 채 사랑했으면 좋겠다. 무엇보다 그가 알지 못하는 상태로 그를 사랑했으면 좋겠다.

내가 그 없이 살아야 하는 모든 것 중에 나에게 기쁨을 주는 건 이제 아무것도 없다. 내 모든 덕성은 오로지 그의 마음에 들기 위한 것이다. 그럼에도 나는 그의 곁에만 있으면 내 덕성이 허물어지는 것을 느낀다.

나는 피아노 공부를 좋아했다. 실력이 매일 조금씩 나아질 수 있을 것처럼 보였으니까. 그것은 아마 외국어로 된 책을 읽으면서 내가 맛보는 쾌감의 비밀이기도 할 것이다. 내가 우리 언어보다 다른 어떤 언어를 더 좋아하거나, 내가 우러러 보는 우리 작가들의 언어가 외국 작가들의 언어에 비해 뒤져서가 아니라, 아마도 의미와 감정을 파악하는 데 따르는 약간의 어려움을 극복해내는, 점점 더 쉽게 극복해내는 무의식적인 자부심이 정신의 즐거움에 나도 모르는, 그리고 내가 없이는 지낼 수 없을 것 같은 영혼의 어떤 만족감을 더해주기 때문일 것이다.

아무리 행복하다 할지라도, 나는 발전이 없는 상태는 바랄 수가 없다. 나는 천상의 기쁨을 주님 속에 섞이는 것이 아니라, 그분께 끝없이, 지속적으로 다가가는 것으로 상상한다……. 말장난을 두려워하지 않는다면, 난 '점점 커지지' 않는 기쁨에는 눈길도 주지 않을 거라고 말할 것이다.

오늘 아침 우린 가로수 길 벤치에 함께 앉아 있었다. 우리는 아무 말도 하지 않았고, 말을 할 필요성도 못 느꼈다……. 그가 나에게 내세를 믿느냐고 불쑥 물었다. 내가 곧바로 외쳤다.

"당연하지, 제롬, 나에게 그건 희망 이상이야. 그건 확신이야……."

그런데 갑자기 내 모든 믿음을 그 외침에 쏟아 부은 것 같은 느낌이 들었다.

"난 알고 싶어." 그가 덧붙였다……. 그러고는 잠시 입을 다물고 있다가 말했다. "믿음이 없다면, 네가 달리 행동할까?"

"내가 그걸 어떻게 알겠어?" 내가 이렇게 대답하고는 덧붙였다. "하지만 너 역시 원하건 원치 않건 열렬한 믿음에 이끌리게 되면 달리 행동할 수 없을 거야. 네가 달리 행동한다면, 난 널 사랑하지 않겠지."

아냐, 제롬, 아냐, 우리의 덕성이 추구해야 하는 건 미래의 보상이 아냐. 우리의 사랑이 찾는 건 보상이 아냐. 자신의 노고에 대한 보수라는 생각은 훌륭하게 태어난 영혼에게는 모욕적인 거야. 그 영혼에게 덕성은 치장물이 아냐. 아니, 그것은 그 아름다움의 형식이야.

아빠의 건강이 다시 안 좋아졌다. 심각한 문제가 없기를 바라지만, 사흘 전부터 다시 우유요법을 써야만 했다.

어제 저녁, 제롬이 자기 방으로 올라간 후, 밤늦게까지 나와 함께 계시던 아빠가 잠시 날 혼자 두고 나가셨다. 나는 소파에 앉아 있었다. 아니, 누워 있었다. 이유는 모르겠는데, 나에게는 좀처럼 일어나지 않는 일이었다. 등갓이 내 눈과 상체를 불빛으로부터 가려주었다. 나는 원피스 아래로 살짝 나와 등불 빛을 반사하는 내 발끝을 무심히 쳐다보고 있었다. 그때

마침 돌아온 아빠가 잠시 문 앞에 서서, 웃는데도 슬퍼 보이는 이상한 표정으로 나를 바라보았다. 막연한 당혹감에 내가 일어나 앉자, 아빠가 나에게 손짓을 했다.

"내 곁으로 와서 앉으렴." 아빠가 나에게 말했다. 이미 밤이 늦었는데도 아빠는 나에게 두 분이 헤어진 이후로 한 번도 입 밖에 꺼내본 적이 없는 엄마 얘기를 하기 시작했다. 엄마와 어떻게 결혼을 했는지, 엄마를 얼마나 사랑했는지, 처음에 엄마가 아빠에게 무엇이었는지. 내가 결국 아빠에게 말했다.

"아빠, 제발 말해주세요. 왜 오늘 저녁 저에게 이 얘길 하시는지, 무엇이 하필이면 오늘 저녁에 엄마 얘기를 하시게 만들었는지……."

"조금 전에 응접실로 들어오다가 소파에 누워 있는 너를 보고는 잠시 네 엄마를 다시 보는 줄 알았다."

내가 그렇게 캐물은 것은 그날 저녁…… 제롬이 내 어깨 너머에서, 내 안락의자에 기대서, 나를 향해 몸을 숙인 채 책을 읽었기 때문이었다. 그를 볼 수는 없었지만, 나는 그의 숨결을, 그의 몸에서 전해지는 떨림과 열기 같은 것을 느꼈다. 나는 계속 책을 읽는 척 했지만, 더는 아무것도 이해할 수 없었다. 행간조차 구별할 수 없었다. 너무나 야릇한 동요가 날 사로잡아서 아직 그럴 정신이 있을 때 서둘러 의자에서 일어나야만 했다. 나는 다행스럽게도 그가 아무것도 눈치채지 못한 사이 그 방에서 나올 수 있었다……. 하지만 잠시 후 응접실에 혼자 남아 아빠가 엄마와 닮았다고 하신 모습으로 소파에 누워 있었을 때, 나는 아닌 게 아니라 엄마를 생각하고 있었다.

나는 그날 밤 내 안에서 회한처럼 떠오르는 과거에 대한 기억에 사로잡혀 잠을 거의 못 잤다. 불안하고, 답답하고, 내가 한심했다. 주님, 저로 하여금 악의 외양을 띤 모든 것을 혐오하게 해주소서!

가엾은 제롬! 그래도 때론 하나의 몸짓이면 된다는 것을, 때론 내가 그 몸짓을 기다린다는 걸 그가 안다면…….

어렸을 때, 내가 아름답고 싶었던 것도 이미 제롬 때문이었다. 이제 와서는 내가 '완벽을 지향했던' 것도 오로지 그를 위한 것이었다는 느낌이 든다. 그 완덕(完德)이 그가 없어야만 도달될 수 있다는 것, 그것이, 오 나의 주님!, 당신의 모든 가르침 가운데 제 영혼을 가장 당혹케 하는 것입니다.

덕성이 사랑과 하나가 되는 영혼은 얼마나 행복할까! 때론 이런 생각을 한다. 사랑하는 것, 가능한 한 많이, 늘 더 많이 사랑하는 것 외에 다른 덕성이 있을까……. 하지만 어떤 날에는 슬프게도 덕성이 사랑에 대한 저항으로만 보이기도 한다. 무슨 소리야! 내 마음의 가장 자연스러운 움직임을 감히 덕성이라 부른다고! 오 매력적인 궤변! 그럴싸한 초대! 행복이라는 기만의 신기루!

오늘 아침 라 브뤼예르의 책에서 이런 구절을 읽었다.

'인생의 행로에는 가끔 너무나 소중하고 달콤해서 사람들이 금지하지만, 적어도 그것들이 허락되기를 욕망하는 것이 당연한 쾌감과 약속들이 있다. 이토록 커다란 매력들은 덕성으로 그것을 포기할 줄 아는 사람에 의해서만 극복될 수 있다.'

그렇다면 나는 왜 여기서 금지를 발명해냈을까? 사랑의 매력보다 더 강력하고 더 감미로운 매력이 비밀스럽게 날 끌어당기기 때문일까? 오! 사랑의 힘으로 우리 두 영혼을 모두 사랑 너머로 이끌어갈 수만 있다면!

아! 이제 난 그 이유를 너무나 잘 이해한다. 주님과 그 사이에는 나 외에는 어떠한 장애물도 없다. 그가 말하는 것처럼, 나에 대한 사랑이 처음에는 그를 주님을 향해 기울게 했다 할지라도, 지금은 그 사랑이 그것을 막고 있다. 그는 나 때문에 지체하고, 나를 더 좋아한다. 나는 그가 덕성의 길을 더 멀리까지 나아가지 못하게 붙드는 우상이 된다. 우리 둘 중 하나는 덕성에 도달해야만 한다. 저의 비겁한 마음속에서 저의 사랑을 극복하지 못해 절망하고 있으니, 주님, 그에게 저를 더 이상 사랑하지 않는 법을 가르칠 수 있는 힘을 저에게 주소서. 주님께 제 공덕 대신 한없이 더 나은 그의 공덕을 바칠 수 있도록……. 오늘 제 영혼이 그를 잃고 눈물을 흘리는 것은 나중에 주님의 품 안에서 그를 되찾기 위함이 아닙니까…….

말씀해주소서, 나의 주님! 주님께 그보다 더 합당한 영혼이 있었던가요? 그는 절 사랑하는 것보다 더 나은 것을 위해 태어나지 않았습니까. 그가 저에게서 멈춰야 하는데도 제가 그만큼 그를 더 사랑하겠습니까? 영웅적일 수 있을 모든 것이 행복 속에서 얼마나 작아져버릴지요!

일요일
'주님께서 더 좋은 것을 위해 우리를 아껴두셨기에.'

5월 3일, 월요일
행복이 거기, 아주 가까이서 오라 하는데…… 손만 뻗으면 잡을 수 있는데…….
오늘 아침, 그와 이야기를 나누며 희생을 완수했다.

월요일 저녁
그가 내일 떠난다…….
소중한 제롬, 한없는 애정으로, 언제까지나 널 사랑해. 하지만 난 앞으로 영원히 너에게 그것을 말할 수 없을 거야. 내가 내 눈, 내 입술, 내 영혼에 강요하는 구속이 너무나 가혹해서 나에겐 너와 헤어지는 것이 해방이자 쓰디쓴 만족이야.
나는 이성적으로 행동하려고 애쓰지만, 행동을 하는 순간 나를 움직인 이성이 나를 벗어난 것처럼, 혹은 광기로 보인다. 나는 더 이상 그것을 믿지 않는다…….

그를 피해 다니게 만드는 게 이성이라고? 나는 더 이상 그것을 믿지 않는다……. 그럼에도 나는 그를 피해 다닌다. 슬픈 마음으로, 그리고 내가 왜 그를 피해 다니는지 이해하지 못한 채.

주님! 제롬과 저, 둘이 함께, 서로에게 인도되어 당신을 향해 나아가게 해주소서. 하나가 가끔 다른 하나에게 '형제여, 피곤하면 나한테 기대'라고 말하고, 그러면 다른 하나가 '네가 곁에 있다는 걸 느끼는 것으로 충분해……'라고 대답하는 두 명의 순례자처럼 평생 함께 걸을 수 있게 하소서. 아닙니다! 주님, 당신께서 우리에게 가르치신 길은 좁은 길, 둘이 나란히 걸을 수 없을 정도로 좁은 길입니다.

7월 4일

일기장을 펼치지 않은 지 6주가 넘었다. 지난달에 몇 페이지를 다시 읽어보다가 잘 쓰려고 하는 터무니없고 온당치 못한 욕심을 발견했다……. '그'로 인해 생겨나는 욕심…….

'그' 없이 지내는 데 도움이 될까 해서 쓰기 시작한 이 일기장을 통해 마치 '그'에게 계속 편지를 쓰는 것처럼.

나는 '잘 쓴' 것처럼 보이는 페이지들을 모두 찢어버렸다('잘 썼다'는 게 무슨 뜻인지 나는 안다). '그'가 문제되는 페이지들을 모두 찢어버렸어야 했다. 모조리 찢어버렸어야 했다……. 차마 그럴 수가 없었다.

186

그 몇 페이지를 찢어버린 것에서 이미 난 약간의 자부심을 느꼈다……. 내 마음이 이토록 병들지 않았다면 내가 비웃었을 자부심을.

정말이지 내가 훌륭한 일을 해낸 것 같았고, 내가 아주 대단한 것을 없앤 것처럼 느껴졌다!

7월 6일

내 책장에서 추방해야만 했다…….

나는 책에서 책으로 그를 피해 다니고, 그를 되찾는다. 내가 그 없이 혼자 펼치는 페이지에서도 나에게 그것을 읽어주는 그의 목소리가 아직 들려온다. 나는 그와 관련되는 것에만 흥미를 느낀다. 내 생각이 그의 생각과 같은 형식을 취해, 내가 그것들을 뒤섞으며 좋아하던 시절과 마찬가지로 나는 그것들을 구별할 수가 없다.

가끔은 그의 문장이 남긴 여운에서 벗어나기 위해 일부러 못쓰려고 애를 써본다. 하지만 그에 대항해 싸우는 것 역시 그에게 관심을 쏟는 것이다. 나는 당분간 성경(그리고 아마도 《그리스도를 본받아》) 외에는 읽지 않기로, 그리고 이 일기장에는 매일 독서에서 인상 깊었던 구절 외에는 쓰지 않기로 결심한다.

이후로는 일종의 '일용 양식'이 나오는데, 7월 1일부터는 날

짜마다 성경 구절이 하나씩 적혀 있었다. 여기에는 약간의 설명까지 붙어 있는 것만 옮겨 적는다.

7월 20일

'네 있는 것을 다 팔아 가난한 자들에게 주라.' 나는 내가 제롬을 위해서만 쓰는 이 마음을 가난한 자들에게 나눠주어야 할 것이라는 걸 깨닫는다. 그것은 동시에 그에게도 똑같이 하라고 가르쳐주는 것이 아닐까? ……주님, 저에게 그럴 수 있는 용기를 주소서.

7월 24일

《내면의 위안》 독서를 중단했다. 이 옛 언어는 나에게 큰 재미를 주지만 내 주의를 딴 곳으로 돌리게 한다. 내가 거기서 맛보는 거의 이교도적인 기쁨은 내가 거기서 찾고자 하는 감화와는 아무 상관이 없다.

《그리스도를 본받아》를 다시 집어 들었다.* 내가 도저히 읽어낼 수 없는 라틴어본이 아니다. 내가 읽는 번역본에는 역자 표기조차 되어 있지 않아서 마음에 든다. 신교파 번역인 것은

---

*《내면의 위안》은 《그리스도의 모방》(라틴어본)의 최초 프랑스어 번역본 제목이다. 따라서 '옛 언어'로 된 《내면의 위안》을 내려놓고 역자 서명조차 없는 프랑스어 보급판 《그리스도의 모방》("모든 기독교 공동체에 적합하다")을 집어든 알리사의 선택에는 옛 언어를 해독하는 ("이교도적인") 기쁨마저도 고사하고 순수하게 종교적 감화의 목적으로만 독서를 하겠다는 의지가 담겨 있다.

사실이지만, 표제에 "모든 기독교 공동체에 적합하다"고 적혀 있다.

'오! 네가 덕성의 길을 나아감으로써 어떤 평화를 얻을 것이며, 또 다른 이들에게 어떤 기쁨을 줄지 안다면, 나는 네가 더 많은 공을 들여 그 길로 정진하리라는 것을 믿는다.'

8월 10일

주님, 제가 아이의 그것처럼 단번에 자라난 믿음과 천사의 초인적인 목소리로 당신을 향해 외친다면…….

저도 압니다, 이 모든 것이 제롬이 아니라 당신으로부터 온다는 것을.

헌데 왜, 당신과 저 사이, 어디에나 그의 모습을 놓으시는 지요?

8월 14일

이 일을 완성하려면 두 달 이상이 남았다……. 오, 주님, 저를 도우소서!

8월 20일

나는 그것을 분명히 느낀다. '내 슬픔'에서 그것을 느낀다. 희생이 내 마음속에서 완수되지 않았다는 것을. 주님, 그만이 저에게 알게 한 이 기쁨을 오로지 당신에게만 빚지게 하소서.

8월 28일

나는 얼마나 하찮고 슬픈 덕성에 도달했는가! 나 자신에게
너무 많은 것을 요구했단 말인가? 더 이상 견딜 수가 없다.

무슨 면목이 있어 주님께 힘을 달라고 계속 애원할 것인
가! 이제 내 모든 기도는 한탄조다.

8월 29일

'들판의 백합을 보라……'

오늘 아침 너무나 단순한 이 말씀이 나를 그 무엇으로도 달
래줄 수 없는 슬픔에 빠뜨렸다. 나는 들판으로 나갔고, 나도
모르게 끊임없이 되뇐 이 말씀이 내 가슴과 눈을 눈물로 가
득 채웠다. 나는 농부가 온몸으로 쟁기를 밀며 밭을 갈고 있는
빈 들판을 바라보았다……. '들판의 백합……' 하지만 주여,
백합이 어디 있나이까?

9월 16일, 밤 10시

그를 다시 만났다. 그는 여기, 이 지붕 아래에 있다. 나는
잔디밭 위에서 그의 창문에서 새어나오는 불빛을 본다. 내가
이 글을 쓰고 있는 동안, 그는 깨어 있다. 어쩌면 내 생각을 하
고 있을지도. 그는 변하지 않았다. 그도 그렇게 말하고, 나도
그렇게 느낀다. 그의 사랑이 나를 부인하도록, 그에게 내가 결
심한 대로의 나를 보여줄 수 있을까?

9월 24일

오! 내 속마음이 까무러치는데도 무관심과 냉담을 가장할
수 있었던 잔혹한 대화……. 지금까지 나는 그를 피해 다니는
것으로 만족했다. 오늘 아침에는 주님께서 나에게 극복할 수
있는 힘을 주시리라고 믿을 수 있었다. 끊임없이 싸움을 피하
는 건 비겁한 짓이니까. 내가 승리를 거뒀을까? 제롬이 나를
조금이라도 덜 사랑할까? 아아! 그건 내가 바라는 동시에 두
려워하는 것이다. 내가 그를 지금보다 더 사랑한 적은 결코 없
었다.

주님, 그를 저로부터 구하기 위해 제가 멸해야 한다면, 그
렇게 하소서!

'제 마음과 영혼 속으로 들어오시어 저의 고통을 짊어지시
고, 당신의 수난에서 마저 겪어야 할 고통을 제 안에서 계속
견뎌내소서.'

그와 파스칼에 대해 이야기를 나눴다……. 내가 그에게 무
슨 말을 할 수 있었겠는가? 얼마나 부끄럽고 터무니없는 말이
었는지! 그 말을 하면서도 이미 괴로웠지만, 이 밤 나는 그 말
이 신성모독이라도 되는 것처럼 뉘우친다. 묵직한 《팡세》를
다시 집어 드는데, 로아네 양에게 보낸 편지의 이 구절이 저절
로 펼쳐졌다.

'끌고 가는 사람을 자발적으로 따를 때는 속박이 느껴지지
않습니다. 하지만 저항하기 시작하면, 버티면서 걷기 시작하

면 큰 고통을 겪게 되지요.'

이 구절이 너무나 직접적으로 내 가슴에 와 닿아서 책을 계속 읽어나갈 기력이 없었다. 하지만 다른 곳을 펼치다가 내가 알지 못하는 감탄스러운 구절을 발견했고, 그래서 방금 베껴 두었다.

이 일기의 첫 권은 여기서 끝나 있었다. 다음 권은 아마도 없애버린 듯하다. 알리사가 남긴 것을 보면, 일기가 3년이 지난 후에야 다시 퐁괴즈마르에서 9월에, 다시 말해 우리의 마지막 재회 직전에 시작되기 때문이다.

그 마지막 권은 이러한 구절들로 시작된다.

9월 17일

주님, 당신을 사랑하기 위해 저에겐 그가 필요하다는 것을 당신도 잘 알고 계십니다.

9월 20일

주님, 그를 저에게 주옵소서, 당신께 제 마음을 바칠 수 있도록.

주님, 그를 다시 볼 수 있게만 해주소서.

주님, 당신께 제 마음을 바치겠다고 약속합니다. 제 사랑이 당신께 청하는 것을 허락해주소서. 제 삶에 남게 될 것을 오로지 당신께 바치겠습니다……

주님, 이 경멸스러운 기도를 용서해주소서. 하지만 전 그의 이름을 제 입술에서 떼어낼 수도, 제 마음의 고통을 잊을 수도 없습니다.

주님, 당신께 외칩니다. 제발 절 비탄 속에 내버리지 마소서.

9월 21일

'너희가 나의 이름으로 내 아버지께 구하는 것은 무엇이든 지…….'

주님! 제가 당신의 이름으로 어찌 감히…….

하지만 제가 더 이상 기도를 올리지 않는다고 해서, 제 마음의 당치 않은 소원을 모르시진 않겠지요?

9월 27일

오늘 아침부터 큰 평온. 명상과 기도로 지난밤을 새다시피 했다. 갑자기 내가 어릴 적 성령에 대해 상상했던 것과 유사한 일종의 눈부신 평화가 날 둘러쌌고, 내 안으로 강림하는 것 같았다. 나는 그 기쁨이 단지 신경의 흥분에서 기인하는 건 아닐까 두려워하며 곧바로 잠자리에 들었다. 나는 그 축복이 날 떠나지 않은 상태에서 아주 빨리 잠이 들었다. 그 축복은 오늘 아침에도 온전하게 남아 있다. 난 이제 그가 올 거라고 확신한다.

9월 30일

제롬! 나의 벗, 내가 아직 '동생'이라 부르지만 내가 동생보다 한없이 더 사랑하는 너……. 너도밤나무 숲에서 네 이름을 몇 번이나 소리쳐 불렀는지! 매일 저녁 해질 무렵이면 나는 텃밭의 작은 문으로 나가 이미 어두컴컴한 가로수 길을 걸어 내려간다……. 네가 갑자기 대답을 한다 해도, 네가 저기, 내 눈길이 서둘러 훑어보는 저 자갈투성이 비탈 뒤에서 모습을 드러낸다 해도, 아니면 저 벤치에 앉아 날 기다리고 있는 너를 내가 멀리서 본다 해도, 내 가슴은 놀라 소스라치지 않을 것이다……. 반대로 나는 네가 보이지 않아 놀란다.

10월 1일

아직 아무 일도 없다. 비할 수 없이 맑은 하늘에서 해가 저물었다. 나는 기다린다. 나는 안다, 이제 곧 내가 그와 함께 이 벤치에 앉아 있으리라는 걸……. 나는 벌써 그의 말에 귀를 기울인다. 나는 그가 내 이름을 부르는 걸 듣는 게 너무나 좋다……. 그는 여기 있을 것이다! 나는 내 손을 그의 손에 맡길 것이다. 나는 내 이마를 그의 어깨에 기댈 것이다. 나는 그의 곁에서 숨을 쉴 것이다. 어제 이미 나는 그의 편지 중 몇 장을 다시 읽어보려고 가져왔다. 하지만 그를 생각하느라 여념이 없어 그것들을 쳐다보지도 않았다. 또한 그가 좋아하는 자수정 십자가, 지난 어느 여름 그가 떠나지 않기를 바라며 매일 저녁 목에 걸었던 자수정 십자가도 가지고 나왔다.

이 십자가를 그에게 돌려주고 싶다. 나는 이미 오래전부터 이런 꿈을 꿨다. 그는 결혼을 했고, 나는 대모로서 그의 첫 딸, 아기 알리사에게 이 보석을 주는 꿈을……. 왜 나는 그에게 감히 그 꿈을 말하지 못한 걸까?

10월 2일

오늘 내 영혼은 하늘에 둥지를 지은 새처럼 가볍고 쾌활하다. 아마도 오늘 그가 올 것이다. 나는 그것을 느낀다. 나는 그것을 안다. 나는 그것을 모두에게 외치고 싶다. 여기에 그것을 써둘 필요가 있다. 나는 더 이상 내 기쁨을 감출 수가 없다. 평소 너무나 산만하고, 나에게 너무나 무심한 로베르조차도 그것을 알아차렸다. 그의 질문들이 날 당황시켰다. 나는 그에게 뭐라고 대답을 해야 할지 알 수가 없었다. 오늘 저녁까지 어떻게 기다리지?

나도 모를 어떤 투명한 눈가리개가 확대된 그의 이미지를 도처에서 나에게 보여주고, 사랑의 모든 광선을 불타는 내 가슴의 한 점에 집중시킨다.

오! 기다림은 날 얼마나 지치게 하는지!

주님! 제 앞에 행복의 넓은 문을 잠시만 열어주소서!

10월 3일

모든 것이 꺼져버렸다. 아아! 그가 그림자처럼 내 품에서 빠져나가버렸다. 그가 여기 있었다! 그가 여기 있었다! 나는 아직도 그를 느낀다. 나는 그를 부른다. 내 손, 내 입술이 어둠 속에서 헛되이 그를 찾는다…….

기도를 할 수도, 잠을 잘 수도 없다. 나는 컴컴한 정원으로 다시 나갔다. 내 방에서도, 집 안 어디에서도 나는 무서웠다. 내 비탄이 그를 두고 왔던 문까지 나를 다시 이끌었다. 나는 정신 나간 희망을 품고 그 문을 다시 열어보았다. 그가 다시 왔다면! 나는 불러보았다. 어둠 속을 더듬어보았다. 나는 그에게 편지를 쓰기 위해 방으로 돌아왔다. 나는 이 상(尙)을 받아들일 수 없다.

도대체 무슨 일이 있었던 거지? 내가 그에게 무슨 말을 한 거야? 내가 무슨 짓을 한 거야? 도대체 무엇을 위해 그 앞에서 계속 내 덕성을 과장한 거지? 내 온 마음이 부인하는 덕성에 무슨 가치가 있단 말인가. 나는 하느님이 내 입술에 제시해주신 말씀을 몰래 저버렸다……. 내 마음을 부풀게 하는 것 중에서 입 밖으로 나온 건 아무것도 없었다. 제롬! 제롬, 곁에 있으면 내 가슴이 찢어지고, 멀리 있으면 내가 시름시름 죽어가는 내 애달픈 벗, 내가 조금 전에 했던 말 중에 오로지 내 사랑이 너에게 얘기하는 것에만 귀를 기울여줘.

쓰던 편지를 찢어버리고, 그러고는 다시 쓴다……. 날이 밝아온다. 내 눈물에 젖어 흐리고, 내 생각만큼이나 슬픈 새벽…… 농장에서 나는 첫 소리들이 들려온다. 잠들었던 모든 것이 다시 삶을 시작한다……. '이제 일어나라. 시간이 되었도다…….'

편지는 부치지 않을 것이다.

10월 5일

저에게서 그를 앗아가신 질투의 하느님, 이제 제 마음을 차지하소서. 이제 모든 열기가 제 마음을 떠납니다. 그 무엇도 더는 제 관심을 끌지 못할 것입니다. 그러니 저에게 남아있는 이 슬픔을 이겨내도록 도와주소서. 이 집, 이 정원이 견딜 수 없을 정도로 제 사랑을 부추깁니다. 오로지 당신만을 보게 될 곳으로 달아나고 싶습니다.

제가 가진 재산을 가난한 자들을 위해 처분하게 도와주소서. 제가 마음 편하게 팔 수 없는 퐁괴즈마르를 로베르에게 남겨주도록 허락해주소서. 유언장을 써두긴 했지만, 나는 필요한 형식적 절차들을 거의 모른다. 어제는 공증인이 내가 내린 결정을 의심해 쥘리에트나 로베르에게 알리지나 않을까 두려워 그와 충분한 대화를 나눌 수 없었다……. 그 문제는 파리로 올라가서 보완해야겠다.

10월 10일

너무 피곤한 상태로 이곳에 도착해서 첫 이틀을 누워서 지내야 했다. 내 뜻과 무관하게 사람들에게 불려온 의사가 아무래도 수술을 해야 할 것 같다고 말한다. 수술 같은 건 안 받겠다고 한들 무슨 소용이 있겠는가? 나는 수술은 겁이 난다고, '기운을 좀 차릴 때까지' 기다리고 싶으니 그냥 가시라고 그를 설득했다.

나는 내 이름과 주소를 숨길 수 있었다. 나는 그들이 나를 받아들여 하느님이 아직 필요하다고 판단하는 동안 나를 보살피는 데 어려움이 없도록 요양원 사무실에 충분한 돈을 맡겼다.

이 방이 마음에 든다. 벽의 장식으로는 완벽한 청결만으로 충분하다. 나는 거의 즐거운 기분이 들어서 많이 놀랐다. 그것은 내가 삶에서 더는 아무것도 바라지 않기 때문이다. 이제 하느님으로 만족해야 하기 때문이고, 그분의 사랑이 우리 안에서 모든 자리를 차지할 때만 더없이 감미롭기 때문이다…….

성경 외에 다른 책은 가져오지 않았다. 하지만 오늘은 파스칼의 이 미친 듯한 오열이 내가 성경에서 읽는 말씀보다 내 안에서 더 크게 울려 퍼진다.

'하느님이 아니면 그 무엇도 내 기다림을 채울 수 없다.'

오, 경솔한 내 마음이 바랐던 너무나 인간적인 기쁨…….

주님, 당신께서 절 절망에 빠뜨리신 것은 이 외침을 얻기 위해서였나요?

10월 12일

주님의 왕국이 오기를! 당신의 왕국이 제 안에 오기를. 오로지 당신만이 저를 지배하시도록. 저를 남김없이 지배하시도록. 저는 더 이상 제 마음을 놓고 당신과 흥정하길 원치 않습니다.

늙을 대로 늙어버린 것처럼 피곤한데도, 내 영혼은 묘한 유치함을 간직하고 있다. 나는 아직 어린 시절의 계집아이다. 방안의 모든 것이 정돈되어 있지 않으면, 벗은 옷들이 침대 머리맡에 잘 개어져 있지 않으면 도무지 잠을 이룰 수가 없다······.
나의 죽음도 이렇게 준비하고 싶다.

10월 13일

없애버리기 전에 일기를 다시 읽어봤다. '자신이 느끼는 혼란을 겉으로 드러내는 것은 큰마음을 지닌 사람들에게는 합당치 않은 일이다.' 내 생각에, 이 아름다운 말은 클로틸드 드 보의 것이다.
이 일기를 불에 던지려는 순간, 일종의 경고가 나를 붙들었다. 그것이 이미 더는 나에게 속하지 않고, 제롬에게서 그것을 빼앗을 권리가 나에게 없으며, 내가 그것을 오로지 그를 위해서만 쓴 것 같은 느낌이 들었다. 내 불안과 의심들이 지금은 너무나 가소로워 보여서 더 이상 그것에 중요성을 부여할 수도 없고, 제롬이 그것에 충격을 받을 수 있다고 생각할 수도 없다. 주님, 제가 도달하지 못해 절망스러워 했던 그 덕성의 정상까지 그를 밀어올리기를 미치도록 갈망했던 한 마음의 서툰 어조를 그가 가끔은 이 일기에서 발견하게 해주소서.

'주님, 제가 다다를 수 없는 그 반석으로 저를 인도하소서.'

10월 15일

'기쁨, 기쁨, 기쁨, 기쁨의 눈물……'

인간적인 기쁨 너머에서, 모든 고통 너머에서, 그래, 난 이 눈부신 기쁨을 예감한다. 내가 다다를 수 없는 그 반석, 그것의 이름이 행복이라는 것을 나는 잘 알고 있다……. 그 행복에 도달하기 위한 것이 아니라면, 내 전 생애가 헛되다는 걸 나는 깨닫는다……. 아아! 주님, 그렇지만 당신께서는 자신을 포기하는 순수한 영혼에게 그것을 약속하셨습니다. '지금 당장 행복할 지어다.' 이것이 당신의 성스러운 말씀입니다. '주 안에서 죽는 자, 지금 당장 행복할 지어다.' 저는 죽을 때까지 기다려야 할까요? 바로 여기서 제 믿음이 흔들립니다. 주님! 저는 온힘을 다해 당신께 외칩니다. 저는 어둠 속에 있습니다. 저는 새벽을 기다립니다. 저는 죽을 때까지 당신께 외칩니다. 어서 오셔서 제 마음의 갈증을 풀어주소서. 저는 지금 그 행복을 목말라하고 있습니다……. 아니면 이미 그것을 가졌다고 저 자신을 설득해야 할까요? 동이 트기도 전에, 일출을 알리기보다 그것을 부르듯 지저귀는 조급한 새처럼, 어둠이 가시기를 기다리지 않고 노래를 불러야 할까요?

10월 16일
제룸, 난 너에게 완벽한 기쁨을 가르쳐주고 싶어.

오늘 아침, 구토증의 발작이 날 기진맥진시켰다. 발작 직후 너무 기운이 없어서, 잠시 이대로 죽었으면 좋겠다는 생각을 했다. 하지만 아니었다. 처음에는 내 모든 존재 속에 큰 평온이 깃들었다. 그러고는 불안이 날 사로잡았다. 전율이 살과 영혼을 뒤흔들었다. 그것은 환상에서 깨어난 내 삶의 갑작스러운 해명 같았다. 참혹할 정도로 헐벗은 내 방의 벽들이 마치 처음 보는 것처럼 생소했다. 나는 더럭 겁이 났다. 지금도 나를 안심시키고 진정시키기 위해 이 글을 쓰고 있다. 오, 주님! 제가 신성을 모독하는 불경을 저지르지 않고 끝까지 도달할 수 있게 해주소서.

나는 아직 자리에서 일어날 수 있었다. 나는 어린아이처럼 무릎을 꿇었다…….

이제 죽고 싶다. 또 다시 혼자라는 것을 깨닫기 전에 빨리.

나는 지난해에 쥘리에트를 다시 만났다. 나에게 알리사의 죽음을 알린 마지막 편지 이후로 10년이 넘는 세월이 흘렀다. 프로방스 지방 여행이 님에 잠시 들를 수 있는 기회가 되었다. 테시에르 가족은 시내 중심가인 푀셰르 대로에 위치한 상당히 아름다운 집에 살고 있었다. 내가 간다는 것을 알리기 위해 편지를 쓰긴 했지만, 그 집 문턱을 넘으니 감회가 새로웠다.

하녀가 나를 응접실로 안내했고, 잠시 후 쥘리에트가 나를 맞으러 왔다. 나는 플랑티에 이모를 보고 있는 줄 알았다. 거동, 체격, 숨이 넘어갈 것 같은 환대까지 모두 똑같았다. 그녀는 앉자마자 대답을 기다리지도 않고 내 경력, 파리의 거처, 직업, 교류하는 사람들에 대한 이런 저런 질문을 마구 퍼부었다. 남불에는 무슨 일로 내려왔느냐, 에두아르가 날 만나면 참

좋아할 텐데 이왕 온 김에 애그비브까지 가보지 그러느냐 등
등……. 그러고는 나에게 모두의 소식을 전했고, 남편과 아이
들, 동생과 최근 수확, 불경기에 대해 이야기했다……. 로베르
가 퐁괴즈마르를 처분하고 애그비브로 내려가 살고 있으며, 지
금은 로베르가 동업자가 된 덕에 에두아르가 여행을 다니면서
사업의 영업 부문을 특별히 관리하고 있다는 소식도 들었다.
한편, 로베르는 밭에 남아 묘목을 개량하고 확장하는 일을 한
다고 했다.

　그사이, 나는 두리번거리면서, 불안하게, 과거를 일깨워줄
수 있는 것을 찾고 있었다. 응접실의 새 가구들 사이에 퐁괴즈
마르에서 가져온 가구 몇 점이 있었다. 하지만 내 안에서 전율
하는 그 과거, 쥘리에트는 이제 그것을 모른 체 하거나, 우리의
관심을 딴 데로 돌리려고 애쓰는 것 같았다.

　열두 살과 열세 살 사내아이 둘이 층계에서 놀고 있었다. 쥘
리에트가 아이들을 불러 나에게 인사시켰다. 맏딸인 리즈는 아
버지를 따라 애그비브에 가고 없었다. 열 살 난 또 다른 사내아
이는 곧 산책에서 돌아올 거라고 했다. 쥘리에트가 나에게 알
리사의 죽음을 알리면서 곧 태어날 거라고 말했던 바로 그 아
이였다. 그 마지막 출산이 난산이어서 쥘리에트가 오랫동안 고
생을 했다고 했다. 그러고는 지난해 마음이라도 고쳐먹은 것처
럼 딸아이를 또 낳았는데, 그녀가 말하는 걸 들어보건대, 그 애
를 자식들 중에 가장 아끼는 것 같았다.

"그 아이가 자고 있는 내 방이 바로 옆이야. 우리, 보러 가자." 내가 따라 나서자 그녀가 머뭇거리며 덧붙였다. "제롬 오빠, 내가 차마 편지를 쓰진 못했는데…… 저 아이 대부가 되어줄래?"

"기꺼이 되어줄게, 너만 좋다면." 약간 놀라 요람을 들여다보며 내가 말했다. "그런데 이 녀석 이름이 뭐야?"

"알리사……." 쥘리에트가 낮은 목소리로 대답했다. "언니랑 좀 닮았어, 그런 것 같지 않아?"

나는 대답은 않고 쥘리에트의 손을 꼭 쥐었다. 엄마가 들어 올리자, 아기 알리사가 눈을 떴다. 나는 그 아이를 품에 안았다.

"정말 좋은 아버지가 될 텐데!" 웃으려고 애쓰며 쥘리에트가 말했다. "결혼을 하기 위해 뭘 기다리는 거야?"

"많은 것들을 잊기를." 나는 얼굴을 붉히는 그녀를 바라보았다.

"빨리 잊고 싶긴 하고?"

"영원히 잊고 싶지 않아."

"이리로 와." 그녀가 더 작고 이미 어두워진 방으로 나를 데려갔다. 그 방의 문 하나는 그녀의 방으로, 다른 하나는 응접실로 통했다. "잠시 짬이 나면 난 이 방으로 피신해. 이 집에서 가장 조용한 방이야. 여기 있으면 뭐랄까 삶으로부터 보호받는 느낌이 들어."

그 작은 응접실의 창문은 다른 방들처럼 도시의 소음이 아니라 나무들이 심어진 일종의 안뜰을 향해 있었다.

"우리 앉자." 안락의자에 털썩 앉으며 그녀가 말했다. "내가 오빠를 잘 이해한 거라면, 오빠는 알리사 언니의 추억에 충실하게 남아 있겠다는 거네."

나는 대답을 하지 않고 잠시 있었다.

"어쩌면 그보다는 그녀가 나에 대해 품었던 생각에 충실한 걸 거야……. 아니, 그게 무슨 대단한 일이라도 되는 것처럼 보지 마. 나로서는 달리 어쩔 수가 없어서 그런 거니까. 내가 다른 여자와 결혼한다면, 나는 그녀를 사랑하는 척 할 수밖에 없을 거야."

"아!" 그녀가 관심 없다는 듯이 말하고는 내게서 얼굴을 돌리더니 잃어버린 뭔가를 찾는 것처럼 바닥을 향해 몸을 숙였다. "그럼 오빠는 희망 없는 사랑을 그렇게 오랫동안 가슴에 간직할 수 있다고 믿어?"

"그래, 쥘리에트."

"……삶이 그것을 꺼뜨리지 않고 하루 하루 스쳐 지나갈 수 있다고?"

저녁 어스름이 잿빛 조수처럼 밀려들어 방 안의 물건들을 하나씩 집어삼켰다. 물건들이 그 어둠 속에서 되살린 과거를 낮은 목소리로 이야기하는 것 같았다. 쥘리에트는 알리사 방의 모든 가구를 그 방에 모아놓았다. 나는 알리사의 방을 떠올렸다. 쥘리에트가 나를 향해 고개를 돌렸지만, 나는 더 이상 그녀의 이목구비를 구별할 수 없었고, 그래서 그녀가 눈을 뜨고 있는지 감고 있는지도 알 수 없었다. 그녀는 무척 아름다워 보였다. 우리는 둘 다 아무 말 않고 한동안 앉아 있었다.

"자! 이제 깨어나야 해……." 그녀가 마침내 말했다.

나는 그녀가 일어나서 한걸음 내디뎠다가, 기운이 없는 것처럼 옆 의자에 다시 풀썩 주저앉는 것을 보았다. 그녀가 손으로 얼굴을 감쌌다. 내 눈에는 그녀가 울고 있는 것처럼 보였다…….

하녀가 등을 들고 들어왔다.

지드 그리고 '좁은 문'

이상해(번역가)

지드의 작품세계 — 치열한 실험과 탐구의 여정

앙드레 지드는 국내에서는 주로 《좁은 문》과 《전원 교향곡》을 쓴 노벨 문학상 수상 작가로 알려져 있지만, 실은 첫 작품 《앙드레 왈테르의 수기(Les Cahiers d'André Walter)》(1891)에서 유언서의 성격을 띤 《테세우스(Thésée)》(1946)에 이르기까지 50여 년 동안 시, 희곡, 소설, 여행기, 비평 등 다양한 장르를 두루 섭렵하며 20세기 프랑스 문학의 거의 모든 흐름에 지대한 영향을 끼친 대작가다. 지드의 삶과 작품(따로 떼어놓을 수 없는!)을 따라가다 보면, 우리는 모순과 갈등으로 가득한 자신의 내적, 외적 현실과 치열하게 드잡이를 하는 정직한 인간, 자아-타인-사회현실로 끊임없이 지평을 넓혀가며 인간과 문학에 대한 실험과 탐구를 끝까지 밀고 나가는 한편, 각자가 온전히 자기 자신이 될 수 있는 정의롭고 행복한 세상의 도래를 위해 자신이 속한 세상의 거짓과 위선을 격렬하게 비판한 휴머니스트를 만나게 된다.

앙드레 지드는 1869년 11월 22일 파리에서 출생했다. 일찍 세상을 뜬 아버지는 프랑스 남부 출신의 저명한 법학 교수였고, 어머니는 노르망디 프로테스탄트 집안 출신으로 종교적 율법주의에 파묻혀 지낸 독실한 신자였다. 드넓은 토지를 소유한 상류 부르주아 신교도 집안의 유일한 상속자였던 앙드레 지드는 종교, 도덕, 문학, 음악이 지배하는 환경 속에서 자신의 몸, 그리고 외부현실과 원만한 관계를 맺지 못한 채 자신의 내면을 응시하는 예민하고 분열된 영혼을 가진 나르시스로 성장한다. 이미 어린 시절부터 그에게 글쓰기는 그의 실존을 정당화하는 동시에 그것의 의미를 찾는 행위가 된다.

지드는 열네 살 때부터 그가 쓴 모든 작품의 모태가 될 내면 일기를 쓰기 시작한다. 첫 번째 책 《앙드레 왈테르의 수기》도 거기서 나왔다. 《지상의 양식(Les Nourritures terrestres)》(1897)까지 이어지는 첫 번째 시기를 특징짓는 것은 상징주의와 시다. 말라르메의 '화요회'를 드나들며 시인들과 교분을 쌓은 그의 글에서는 운문의 유혹이 지속적으로 엿보이고, 산문 역시 시의 박자와 음악의 선율을 통해 충동과 열정을 강조하고 감정을 토로함으로써 시적이고자 한다. 이 시기에는 쇼펜하우어의 영향을 받은 이상주의가 소론(小論) 형식의 짧은 글들을 통해 표현된다. 《나르시스 소론(Le Traité du Narcisse)》(1891), 《사랑의 시도(La Tentative amoureuse)》(1893), 《늪지대(Paludes)》(1895), 《엘 하지(El Hadj)》(1899), 《앙드레 왈테르의 수기》, 《위리앵의 여행(Le Voyage d'Urien)》(1893), 그리고 《지상의 양식》까지, 지드는 이 소론들을 통해 분열된 자아의 불가능한 조화를, 하나의 이상, 하나의 윤리, 하느님, 그리고 덕성, 살에 대한 멸시, 죄에 대한 두려움이라 일컬어지는 모든 전통적 가치들을 따르는 존재가 가진 가능성의 조건들을 탐색한다.

이 이상주의적인 꿈들은 실패, 질문, 무(無), 죽음에 봉착하게 되고, 서정주의는 점차 비판적 실험으로 변해간다. 자기 내면의 어둠 속에서 몸부림치는 앙드레 왈테르는 《좁은 문》의 알리사와 마찬가지로 광기를 끝까지 밀고 나간 탓에, 영혼의 사랑이라는 신비주의를 믿은 탓에, 미쳐서 죽고 만다. 절대의 추구를 통해 구원을 얻으려는 존재들은 자기 자신에 대항해 싸우는 데, 자기 자신을 훼손하고 파괴하는 데 온 힘을 쏟고 스스로 비극적 결말을 향해 걸어간다.

1893년의 북아프리카 여행이 첫 번째 단절을 가져온다. '타락한 대륙' 유럽 출신의 스물세 살 청교도 청년은 그때까지 온 힘을 다해 거부했던 자연, 삶, 세상을 열정적으로 받아들인다. 그는 《지상의 양식》을 통해 욕망, 감각, 순간의 탐닉을 찬미하는 새로운 복음을 전한다. 죽음의 본능이 삶의 본능으로 대체

된 것이다. "나다니엘, 도처가 아닌 다른 곳에서 신을 찾으려 하지 마라", 세상의 아름다움과 다양성에 넋을 잃은 탐미주의자가 부르는 해방의 노래는 이렇게 시작된다. 이제 지드는 기존의 이데올로기에 순응하려 애쓰지 않고, 자신의 본성과 욕망을 규범으로 내세우며 그것을 통해 세상을 향유한다. 그러나 향락은 언제나 덧없는 것이기에 결국 회한과 질문에 자리를 내주고 만다. 이번에도 진리를 이해하려는 시도는 함정이 되고, 모든 예언자는 가짜 예언자가 될 위험에 처하게 된다(《엘 하지》). "오열, 꽉 다문 입술, 너무나 큰 신념들, 생각의 불안들. 난 이제 무엇을 말할까? 진실한 것들—타인—그 삶의 중요성, 그에게 말하기……."《지상의 양식》마지막 권을 마무리하는 이 말들은 자신 속에 유폐된 개인을 비판하는 동시에,《배덕자(L'Immoraliste)》(1902),《사울(Saül)》(1903),《바티칸의 지하도(Les Caves du Vatican)》(1914)까지, 타인과의 관계에 초점이 맞춰진 두 번째 작품군(群)을 예고한다.

1897년, 지드는 새로운 새벽에 맨몸으로 서기 위해 모든 유산을 거부한 메날크와 나다니엘처럼 일체의 속박으로부터 자유로워지지만 자신의 마귀들에게 사로잡힌 왕, '사울'의 비극을 통해 지나치게 자기만족적인 열정의 소모적인 결과를 보여주기도 한다. 그가 쾌활한 정복의 삶에 대한 욕망을 보증해줄 인물로서 니체를 발견하는 것이 바로 이 시기다. "나는 [……] 멸하거나 위대해지라고 촉구하는 모든 것을 좋아한다." 이제 그는 새로운 작품군을 통해 이러한 자유인의 새로운 윤리를 시험하기 위해 형이상학적인 논쟁들로부터 벗어나려고 시도한다. 독백이 대화에 자리를 내어주고, 저 너머 세상과의 관계에 대한 질문은 이 세상 사람들과의 관계에 대한 질문으로 대체된다.

이 시기부터 그가 창조한 인물들은 기존 가치, 부르주아의 계산과 신중함 대신 창조적 본능의 힘을 찬양하며 강렬하고 모험적인 삶의 정복에 뛰어든다. 프로메테우스는 독수리를 잡아먹고(《사슬에서 풀려난 프로메테우스(Le Prométhée Mal enchaîné)》, 1899), 칸다울레스(《칸다울레스 왕(Le Roi Candaule)》, 1901)는 전대미문의 관대함으로 행복에 도달할 수 있다고 믿는다. 《배덕자》의 미셸은 자신의 문화와 부에 등을 돌리고, 욕망에 따라 살려는 의지에 아내 마르슬린을 희생시킨다. 탕아는 귀가를 순순히 받아들이지 못하고 동생을 부추겨 모든 것을 떠나게 만든다. 선악을 넘어선 이러한 삶의 찬미는 《바티칸의 지하도》의 라프카디오와 그의 '무상 행위'에 이르게 될 것이다. 부를 거머쥔 이 신화적 인물들은 사치와 무책임이라는 영주의 윤리에 따라 모든 것을 무시할 수 있다고 상상하지만, 그들 자신을 떨쳐버리지도 못하고 사회적 제재를 면하지도 못한다. "자신을 해방시킬 줄 아는 건 아무것도 아니다. 어려운 것은 자유로워질 줄 아는 것이다." 자기 자신의 노예가 되어버린 미셸은 회한을 곱씹으며 이렇게 인정한다. 실추되어버린 초인의 윤리가 마르슬린의 죽음보다 더 무겁게 그를 짓누른다. 따라서 '무엇에 자신을 바쳐야 하는가?'라는 필로크테테스(《필로크테테스(Philoctète)》,1899)의 질문은 여전히 열린 채로 남아 있다. 어쨌거나《좁은 문(La Porte étroite)》(1909)에서 알리사와 제롬의 이야기가—지드는 아내 마들렌이 보낸 편지의 구절들을 이 이야기에 그대로 옮겨놓았다—우리에게 상기시키는 바와 같이, 그 대상은 더 이상 하느님도, 사랑과 희생, 덕성의 신비주의도 아닐 것이다.

《좁은 문》을 씀으로써 해묵은 계획을 실행에 옮긴 지드는 진정한 소설을 쓰겠다는 더 큰 야망의 실현에 뛰어든다.《배덕자》를 쓴 1902년부터 그는 지평을 넓히고 미학을 발전시켜 사회적 현실에 뿌리를 둔 타인과의 복잡한 관계를 통해 인간을 연구하고자 한다. 이러한 전망 속에서 탄생한 것이《이자벨(Isabelle)》(1911)과《바티칸의 지하도》다.

세계대전 발발을 목전에 둔 시기에 발표된《바티칸의 지하도》는 부르주아 세계와 그 가치들의 난파를 증언하고, 파산하고 있는 세계의 결산표를 제시한다. 등장인물들은 모두 과학만능주의나 종교, 사회적이거나 개인적인 믿음, 문화나 반(反)문화에 속은 '얼간이들'로서 자기희생이나 범죄에 몰두하고, 기회를 탐하거나 바보처럼 속아 넘어간다. 이 이야기의 중심에는 파열되어 표류하는 세계를 상징하는 교황의 실종, 다시 말해

부르주아 세계의 기반이자 알리바이이고 가드레일인 신, 아버지, 법의 종말이 있다. 모든 편견과 사회적 예속으로부터 벗어났다고 믿는 매력적인 사생아 라프카디오는 이 난파에서 탈출을 시도하지만, 결국 궁극적인 자유를 의미하기는커녕 불안하고 터무니없는 '무상행위'에 이르고 만다. 하지만 《바티칸의 지하도》의 결말을 통해 지드는 가능한 미래에 대한 질문을 던지고 있다.

1914년, 지드는 대중에게 널리 알려진 작가이자, 당시 문학계의 풍향도 역할을 한 《신프랑스평론》를 창간하고 주도하는 유력인사였다. 아직 문학계의 경계를 넘어서지는 못했지만, 그는 마침내 '가장 중요한 것', 자신의 '자아'를 가감 없이, 에두르지 않고 말하고, 위선적이고 억압적인 사회와 이데올로기들에 대항해 그가 믿는 가치들을 선포하려 한다. 하지만 세계대전이 발발하고 동료들이 죽거나 가톨릭으로 개종을 하자 큰 충격을 받고, 심각한 윤리적, 종교적 위기를 겪게 된다. 자신을 포기하고 그리스도와 온전히 하나가 되어 잃어버린 순수성을 되찾고 싶은 욕구에 시달리나, 곧 '그의 정신과 살'을 온통 사로잡은 소년 마르크 알레그레와 새로운 모험을 벌여 정신적 지주였던 아내 마들렌과 큰 불화를 겪는다. 그의 내부에서 일어난 종교적 갈등, 그가 육성하고자 하는 존재에 대한 맹목적인 열정, 자신의 거짓과 위선을 객관화해 몰아내려는 그의 의지에서 《전원 교향곡(La Symphonie pastorale)》(1919)이 탄생한다.

남들과 같지 않은 자신의 성적인 성향을 고해하듯 털어놓은 《한 알의 밀알이 죽지 않으면(Si le grain ne meurt)》(1926), 동성애의 옹호를 통해 양식과 자연스러움이라는 논거 뒤에 숨어 소수자를 억압하는 사회를 질타한 《코리동(Corydon)》(1924), '누보로망'을 예고하는 새로운 소설기법을 선보이며 '아버지'와 전통에 반기를 든 가출 청소년들을 통해 '모두가 속임수를 쓰는 세상', 난파해 표류하는 세상을 고발한 《사전꾼들(Faux-monnayeurs)》(1925), 이 일련의 작품을 발표함으로써 사회적 논란의 중심에 서게 된 지드는 진보적인 세대의 추앙을 받는 동시에 보수계의 인사들로부터 '무정부주의적이고 악마적인 타락자', '인간의 개념 자체를 뒤흔드는 자'라는 질타를 받게 된다.

《사전꾼들》을 출간한 후 모든 것을 정리하고 콩고로 긴 여행을 떠난 지드는 그곳에서 질병과 기아, 인권 탄압에 신음하는 식민지의 현실을 발견하고 거대한 상사(商社)들의 착취를 허용하는 식민체제 자체를 비판해 서구인의 허위의식에 균열을 가져온다(《콩고 기행(Le Voyage au Congo)》, 1927).

1932년, 지드가 '러시아에 대한 호감'을 드러내며 "심정적으로나, 기질적으로나, 사상적으로나, 나는 언제나 공산주의자였다"고 선언하자, 부르주아 언론은 일제히 '탐미주의자의 개종'이라며 비아냥거린다. 1936년 소련을 방문할 때까지 그는 정의롭고 인간적인 사회 질서에 대한 희망에 고무되어 사회주의 혁명의 성공을 위해 투쟁하고, "내 행복은 다른 이들의 행복을 증진시키는 데에 있다. 내가 행복해지려면 모두가 행복해야 한다"(《새로운 양식(Les Nouvelles Nourritures)》, 1935)며 새로운 윤리를 제시한다. 하지만 1936년 소련 여행에서 기대와는 다르게 환멸만 맛보고 돌아온 그는 혁명을 목표에서 벗어나게 만든 '심각한 실수들', 다시 말해 스탈린 독재와 정신을 획일화하는 새로운 순응주의를 비판한다(《소련 기행(Le Retour de l'U.R.S.S.)》, 1936). 그러자 이번에는 공산주의자들이 '무책임한 탐미주의자'라며 격렬한 공격을 퍼부어 그는 또다시 고립을 경험하게 된다.

이 시기에 완성한 삼부작, 《여인들의 학교(L'Ecole des femmes)》 (1929), 《로베르(Robert)》(1930), 《즈느비에브(Geneviève)》(1936)를 통해 제도적 예속을 강요하는 결혼을 공격하고 여성 해방이라는 화두를 던진 그는 1946년 마침내 모든 속박, 모든 회한으로부터 자유로운 삶, 인간의 승리를 상징하는 《테세우스》의 운명을 통해 자신의 유언장을 작성한다. "나는 미래 인류의 행복을 위해 내 작품을 썼다. 나는 살았다." 1947년 노벨 문학상을 수상한 그는 1951년, 그 치열한 실험과 탐구의 여정에 종지부를 찍고 영면한다.

《좁은 문》— 불행을 자초하는 이상한 사랑

"도대체…… 왜?"

제롬이 버럭 소리 질러 묻고 싶었을 이 의문, 《좁은 문》의 독자들도 아마 한 번쯤은 품어봤을 것이다. 제롬을 그토록 사랑하면서도 알리사는 왜 그의 청혼을 끝내 거절하고 요양원에서 쓸쓸히 죽어갔을까? 동생 쥘리에트에게 사랑을 양보한 거라면 그 장한 희생을 받아들일 수도 있을 것이다. 하지만 홧김에 해버린 결혼이지만 동생도 행복을 찾지 않았는가? "알리사, 이제 쥘리에트도 행복을 찾았으니, 너만 괜찮으면 우리도……." 제롬의 제안에 알리사의 안색이 백지장처럼 창백해진다. "행복이 거기, 아주 가까이서 오라 하는데…… 손만 뻗으면 잡을 수 있는데……." 알리사는 왜 불행을 자초하는 것일까?

아무래도 해답은 화자-제롬이 "그 순간이 내 삶을 결정했다"고 말한 장면(의미심장하게도 작품 속에서 유일하게 현재 시제로 묘사된 '원초적인 장면')에서 찾아야 할 것 같다. 관능적인 뤼실 뷔콜랭이 젊은 장교와 시시덕거리는 소리가 아래층에서 들려오는 가운데, 알리사는 컴컴한 방에서 홀로 무릎을 꿇고 눈물을 흘리며 기도를 올린다. 그녀는 무엇을 기도했을까? 모르긴 해도 어머니의 죄를 용서해달라고 빌지 않았을까? 아마 그 순간은 알리사에게도 삶을 좌우할 깊은 외상을 남기지 않았을까?

이와 관련하여 장면 하나를 더 떠올려보자. 퐁괴즈마르 거실 소파에 누워 멍하니 자기 발을 쳐다보았던 날, 알리사는 이상한 표정으로 자신을 바라본 아버지에게 왜 그랬느냐고 캐묻는다. 짐작 가는 게 있었으니까, 그날 저녁 육체적 욕망이 주는 동요를 겪었고, 그 순간 어머니를 생각하고 있었으니까.

　　내가 그렇게 캐물은 것은 그날 저녁…… 제롬이 내 어깨 너머에서, 내 안락의자에 기대서서, 나를 향해 몸을 숙인 채 책을 읽었기 때문이었다. 그를 볼 수는 없었지만, 나는 그의 숨결을, 그의 몸에서 전해지는 떨림과 열기 같은 것을 느꼈다. 나는 계속 책을 읽는 척했지만, 더는 아무것도 이해할 수 없었다. 행간조차 구별할 수 없었다. 너무나 야릇한 동요가 날 사로잡아서 아직 그럴 정신이 있을 때 서둘러 의자에서 일어나야만 했다.

　　아버지의 대답이 짐작을 확인시켜준다. "조금 전에 응접실로 들어오다가 소파에 누워 있는 너를 보고는 잠시 네 엄마를 다시 보는 줄 알았다." 저주처럼, 알리사는 자신에게 깊은 슬픔을 안겨준, 어떻게든 멀리 하고 싶었던 어머니에게 따라잡히고 만다. 자신에게 죄의 세계에 빠진 어머니의 관능적인 모습이 겹쳐지자 그녀는 질겁해 외친다. "주님, 저로 하여금 악의 외양을 띤 모든 것을 혐오하게 해주소서!" 동시에 그녀는 자신이 제롬의 영혼이 구원을 받는 데 걸림돌이 되고 있다는 사실을 자각한다.

아! 이제 난 그 이유를 너무나 잘 이해한다. 주님과 그 사이에는 나 외에는 어떠한 장애물도 없다. 그가 말하는 것처럼, 나에 대한 사랑이 처음에는 그를 주님을 향해 기울게 했다 할지라도, 지금은 그 사랑이 그것을 막고 있다. 그는 나 때문에 지체하고, 나를 더 좋아한다. 나는 그가 덕성의 길을 더 멀리까지 나아가지 못하게 붙드는 우상이 된다.

'자기 자신'이라는 내적 장애를 극복하는 방법은 자기파괴(알리사의 용어로는 '희생'), 궁극적으로는 죽음밖에 없다. 그래서 알리사는 자신의 아름다움, 피아노, 책, 제롬이 좋아하는 모든 것을 하나씩 지워나간다. 그리고 두 명의 순례자처럼 평생 제롬과 함께 서로를 인도하며 걸으려 했던 길을 홀로 걷기로 결심한다. "아닙니다! 주님, 당신께서 우리에게 가르치신 길은 좁은 길, 둘이 나란히 걸을 수 없을 정도로 좁은 길입니다." 그녀는 그 좁은 길을 어린 시절의 추억과 결부시켜 이렇게 감동적으로 묘사한다.

정원 안쪽 깊숙한 곳에 있던 낮은 담장, 기억나지? 그 발치에 국화가 심어져 있었고, 우리가 그 위를 위험하게 걸어 다녔잖아. 쥘리에트와 넌 천국으로 곧장 가는 무슬림들처럼 대담하게 그 위를 걸었지. 난 첫발을 내딛자마자 어지러워서 꼼짝도 못했고. 그러면 네가 담장 아래에서 소리쳤지. '네 발을 쳐다보지 마! ……앞을 보란 말이야! 계속 나아가! 목표에만 집중해! 그러다 결국—난 그게 소리치는 것보다 나았어—넌 담장 반대편 끝으로 올라가서 날 기다렸어. 그러면 난 더 이상 떨리지 않았어. 더는 어지럽지도 않았지. 난 오로지 너만 쳐다봤어. 난 활짝 벌린 너의 품까지 달려갔어…….

하지만 알리사가 달려가 제롬의 품에 안기는 일은 없을 것이다. 초인적인 노력을 통해서라도 피할 것이다. 그들의 사랑을 망치는 일이 될 테니까("우리를 불쌍히 여겨, 제롬! 아! 우리의 사랑을 망치지 마"). 그래서 그녀는 감히 주님을 원망하기도 하고("헌데 왜, 당신과 저 사이, 어디에나 그의 모습을 놓으시는지요?"), 종교적 신비주의에 자신을 의탁하기도 한다("나는 천상의 기쁨을 주님 속에 섞이는 것이 아니라, 그분께 끝없이, 지속적으로 다가가는 것으로 상상한다……").

그러나 이 희생의 자기만족, 이 '달콤한 고통'은 소모적이고 허망하다. 가 닿지 못하고 '끝없이, 지속적으로 다가가기만' 하는 그 외로운 순례의 장정은 그녀를 지치게 한다. 알리사의 일기에 간절한 기원만큼이나 자주 등장하는 것이 바로 피로의 호

소다. "오! 기다림은 날 얼마나 지치게 하는지!" 결국 알리사는 그 좁은 길 위에서 지칠 대로 지쳐 죽고 싶어 한다.

이제 죽고 싶다. 또다시 혼자라는 것을 깨닫기 전에 빨리.

알리사의 일기는 사랑을 갈구하는 동시에 피해야 하는 분열된 의식이 벌인 사투의 기록이다. 우리는 알리사를 절대적인 사랑을 지키기 위해 자신을 희생한 숭고한 여인으로 봐야 할까, 아니면 종교적 덕성, 영혼의 사랑이라는 신비주의에 빠져 자신과 사랑하는 사람의 삶을 망쳐버린 어리석은 여인으로 봐야 할까? 《좁은 문》은 아무래도 자신을 파괴하고 죽음을 향해 달려가는 낭만적 사랑에 대한 비판으로 읽어야 할 것 같다.

앙드레 지드
연보

11월 22일, 파리에서 저명한 법학 교수인 폴 지드와 노르망디의 부유한 프로테스탄트 집안의 차녀 쥘리에트 롱도의 외동아들로 태어남. 루앙의 외가와 친할머니 댁을 오가며 종교, 도덕, 문학, 음악이 지배하는 환경 속에서 어린 시절을 보냄. 일찍부터 피아노 연주를 시작, 평생의 취미가 됨. **1869**

아버지 폴 지드 사망. 사촌 에밀에 이은 아버지의 죽음으로 큰 충격을 받음. 이후 어머니의 엄격하고 금욕적인 가르침 아래 억압된 청소년기를 보냈으며 이는 또한 평생의 지적 토대가 됨. **1880**

《아미엘의 일기》에 영향을 받아 이후 모든 작품의 토대가 되는 내면일기를 쓰기 시작. **1883**

첫사랑이자 후일 아내가 되는 사촌 마들렌 롱도에 대한 연정이 시작됨. **1887**

	연표	
소르본 대학교 입학.	1889	
자전적 소설 《앙드레 왈테르의 수첩》 출간. 스테판 말라르메가 주도하는 예술가 모임 '화요회'를 통해 문인들과 교류하며 상징주의 운동에 동참. 평론 《나르시스 소론》을 발표한 후 만나게 된 오스카 와일드에게서 문학적 대안을 발견함.	1891	《앙드레 왈테르의 수첩》 《나르시스 소론》
봄, 독일 여행. 괴테에 더욱 심취하는 계기가 됨. 여름, 《위리앵의 여행》 집필. 마들렌과의 관계로 인해 어머니와 불화가 시작됨. 마들렌 역시 청혼을 거절함.	1892	
문학적 동지이자 평생의 친구가 되는 시인 프랑시스 잠과 만남. 10월, 북아프리카 여행. 육체적 욕망을 자각하는 계기가 됨.	1893	《위리앵의 여행》 《사랑의 시도》
두 번째 북아프리카 여행. 오스카 와일드와다시 만남. 5월, 어머니 쥘리에트 사망. 10월, 마들렌과 결혼. 7개월간의 신혼여행 동안 《늪지대》와 《지상의 양식》 작업.	1895	《늪지대》
노르망디 라로크 자치구의 시장으로 선출됨. 《지상의 양식》 집필 완료.	1896	
《지상의 양식》 출간.	1897	《지상의 양식》
드레퓌스 사건에 관심을 갖기 시작하여 에밀 졸라의 탄핵을 지지함. 《사울》과 《사슬에서 풀려난 프로메테우스》 집필.	1898	
《사슬에서 풀려난 프로메테우스》 출간.	1899	《사슬에서 풀려난 프로메테우스》
《배덕자》 출간. 오스카 와일드에 대한 추모의	1902	《배덕자》

글들을 발표.

평론집 《프레텍스트》 출간.	1903	《프레텍스트》 《사울》
자크 코보, 장 슐륑베르제와 함께 《신프랑스 평론》 창간.	1908	
《좁은 문》 출간, 최초의 문학적 성공을 거둠.	1909	《좁은 문》
《신프랑스평론》이 대형 출판사인 갈리마르와 연계되면서 문학 내에 큰 영향을 미치게 됨.	1911	《이자벨》
《장 바루아》 출간을 계기로 로저 마르탱 뒤 가르와 교우.	1913	
《바티칸의 지하도》 발표.	1914	《바티칸의 지하도》
친구의 아들인 마르크 알레그레와 사랑에 빠져 5월부터 이듬해 10월까지 영국 여행을 떠남. 이 사건으로 정신적 지주였던 아내 마들렌과 불화를 겪으며 문학적으로도 새로운 시도들이 이어짐.	1917	
《전원 교향곡》 출간. 《사전꾼들》 집필 시작.	1919	《전원 교향곡》
1920년 삭제된 형태로 발표되었던 《코리동》 출간. 동성애를 옹호하는 내용으로 큰 파장을 불러일으킴.	1924	《코리동》
《사전꾼들》로 소설의 형식적 혁신을 시도. 마르크 알레그레와 콩고 여행. 여행 동안 질병과 기아, 인권 탄압에 신음하는 식민지의 현실을 목도하고 이를 고발하는 《콩고 기행》 집필.	1925	《사전꾼들》

《한 알의 밀알이 죽지 않으면》 출간.	1926	《한 알의 밀알이 죽지 않으면》
《콩고 기행》 출간.	1927	《콩고 기행》
제도적 예속을 강요하는 결혼을 공격하고 여성 해방의 화두를 던진 《여인들의 학교》 출간.	1929	《여인들의 학교》
소비에트 정부의 초청으로 소련 방문 후 겪은 실망감을 담은 《소련 기행》 발표. 스탈린 독재와 순응주의를 비판.	1936	《소련 기행》 《즈느비에브》
열네 살 때부터 40년간 써온 《일기》 발표. 제2차 세계대전 발발.	1939	《일기》
전쟁 중에 떠나 있던 파리로 돌아와 《테세우스》 발표. 서문에서 문학적 권위를 정치적으로 활용하는 것에 반대하는 견해를 피력함.	1946	《테세우스》
평생의 문학적 공로에 대해 옥스퍼드 대학교에서 명예박사학위를 수여. 11월, 노벨 문학상 수상.	1947	
2월 19일, 파리의 자택에서 폐결핵으로 사망.	1951	

옮긴이 이상해

한국외국어대학교와 동 대학원 불어과를 졸업하고 프랑스 스트라스부르 대학, 릴 대학에서 박사 과정을 수료했다. 현재 전문번역가로 활동하며 한국외국어대학교에서 번역을 가르치고 있다. 옮긴 책으로는 파울로 코엘료의 《11분》, 《베로니카, 죽기로 결심하다》, 가오싱젠의 《영혼의 산》, 알랭 로브그리예의 《되풀이》, 베르코르의 《바다의 침묵》, 크리스토프 바타유의 《지옥 만세》, 미셸 우엘벡의 《어느 섬의 가능성》, 아멜리 노통브의 《푸른 수염》, 산샤의 《바둑 두는 여자》, 《여황 측천무후》 등이 있다. 《여황 측천무후》로 제2회 한국출판문화대상 번역상을, 《베스트셀러의 역사》로 한국출판학술상을 수상했다.

세계문학의 숲 048

좁은 문

2015년 12월 17일 초판 1쇄 인쇄
2015년 12월 24일 초판 1쇄 발행

지은이 | 앙드레 지드
옮긴이 | 이상해
발행인 | 이원주

발행처 | (주)시공사
출판등록 | 1989년 5월 10일(제3-248호)

주소 | 서울특별시 서초구 사임당로 82(우편번호 137-879)
전화 | 편집 (02)2046-2851·영업 (02)2046-2800
팩스 | 편집 (02)585-1755·영업 (02)588-0835
홈페이지 | www.sigongsa.com
세계문학의 숲 홈페이지 | www.sigongclassic.com

ISBN 978-89-527-7527-6(04860)
    978-89-527-5961-0(set)

시공사 세계문학의 숲은 계속 출간됩니다.